人间消息

李约热 著

GUANGXI NORMAL UNIVERSITY PRESS
广西师范大学出版社
·桂林·

人间消息
RENJIAN XIAOXI

图书在版编目（CIP）数据

人间消息 / 李约热著. —桂林：广西师范大学出版社，2019.5
ISBN 978-7-5598-1704-4

Ⅰ. ①人… Ⅱ. ①李… Ⅲ. ①中篇小说—小说集—中国—当代②短篇小说—小说集—中国—当代 Ⅳ. ①I247.7

中国版本图书馆 CIP 数据核字（2019）第 060330 号

广西师范大学出版社出版发行
（广西桂林市五里店路 9 号 邮政编码：541004
网址：http://www.bbtpress.com）
出版人：张艺兵
全国新华书店经销
广西广大印务有限责任公司印刷
（桂林市临桂区秧塘工业园西城大道北侧广西师范大学出版社集团有限公司创意产业园内 邮政编码：541199）
开本：787 mm × 1 092 mm 1/32
印张：8.5 字数：170 千字
2019 年 5 月第 1 版 2019 年 5 月第 1 次印刷
印数：0 001~7 000 册 定价：49. 80 元

目录

村庄、绍永和我

来之前，他们跟我介绍这个村庄：

全部都是“小洋房”，树很多，你去那里，就像去风景区。

他们从手机里调出这个村庄的图片，确实如此，有点迷人。

坐惯了办公室，看着这些照片，感觉一阵清风隔着手机屏幕朝我吹来。

这是单位的扶贫点，领导正愁没人去，动员大家报名，到我这里时领导是这样说的：

你看哈，人家柳青，下乡当农民，写出一部《创业史》，你不是说要写一部牛×的小说吗，这是个好机会。

我们领导外号洪大炮，一个正处级干部，跟副职、跟手下经常点头哈腰，经常一副被人欺负的“衰样”，一点都没有领导的派头，但是我们大家都服他。这年头，平易近人得不可思议的领导还到哪里去寻找。

他跟我说柳青，我没有心动，他就是跟我说曹雪芹，我也不会心动，因为啊，如果我真冲着这个下乡，我很快就会多两个外号，一个是李柳青，一个是李雪芹。谁愿意有这样的外号呀。虽然这两位先生都是伟大的作家。

我对洪大炮说，我不缺生活，想写的都还没写完，世上的路千万条，我有自己的一条。

要不是他们调出这个村庄的照片，要不是那阵清凉的风隔着手机屏幕朝我吹来，我也不会站在这里。（话又说回来，只有一阵清凉的风隔着手机屏幕吹来还不足以让我来到乡下。眼下，我衣食无忧、毫无负担，觉得自己已经是人生的赢家，看什么都顺眼，人生的“米”多一点少一点都无所谓。这种状态下的人，很容易自己找“贱”。法国作家塞利纳的小说《长夜行》，男主人公正在跟朋友喝咖啡，一支队伍从眼前经过，他突然决定去当兵，从此枪林弹雨，出生入死。我此时的心境跟塞利纳笔下的男主一样，某种不安分的基因在体内苏醒，跟组织的需要没关系，跟牛×的小说没关系，甚至是跟要去的地方到底是废墟还是风景区都没关系。我想一切清零，让乡间的人和事填满自己，之后呢，该逢山开路遇水搭桥就逢山开路遇水搭桥，该刀枪入库马放南山就刀枪入库马放南山。有点豪气干云，也有点游戏人间。从手机里吹出的那阵风，只不过是压死骆驼的最后一根稻草。这个比喻不好，其实应该用“药引”来形容好些，但是后来的经验告诉我，一匹骆驼轰轰烈烈地倒下的意象，要比“药引”生动和确切。)

放下行李,听完村主任介绍村里的情况(他说的那些数据我根本记不住),我就急着要去村里看。

主任带我去“村里最穷的人家”瑞明家。

在这之前我了解到,村里农户的房子都很坚固,就连清洁员瑞明家的房子,也是砖混结构——“就连……”,不是我这样说,是村委的人这样说的。在村里,搞卫生是最累最苦的活,工资也不高,如果不是实在没有办法,是没有人愿意当清洁员的。就连……最穷的人家都是砖混结构,这个村还不错嘛。

天空下起了细雨。现在是三月,三月的雨打在脸上,痒痒的,似春风拂面。广西这个地界,好就好在雨水充沛,植物茂密。你看眼前,我们单位的扶贫点,绿树掩映,烟雨缭绕,宛若仙境,跟塞利纳笔下的男主要去的非洲可不一样。

这些年,当地政府在修路方面下大力气,水泥路都铺到各家各户的门口,三月的细雨撒在上面,闪闪发亮。这个时候走在油亮的水泥路上,我有去踏青的感觉,也有去指挥千军万马的感觉。

但是短短五百米之后,情况就不是这样了。

村主任从后面递给我一个口罩,我回头看他。他一脸的歉意,说,你戴上。

不知道为什么有这么一出。

路上全是牛粪，等下到村里，怕你受不了。他说。

他是怕我受不了牛粪的臭味。有什么受不了的，牛粪我又不是没见过，没那么夸张吧。我很想告诉他我来自野马镇，小时候我跟韦光良的儿子阿宝打架，他打不过我，趁我不注意的时候，朝我放冷枪：用一张芭蕉叶捂着一泡牛粪，朝我砸过来，正好砸在我脸上……你说，有这样经历的人还需要口罩吗。

我把口罩挡了回去。

主任说我们这里就是卫生不好搞，戴个口罩也很正常。说着把口罩塞进包里。他的口罩，肯定是专门为我准备的。他真客气。

我们继续往前走。这个村庄的另一面逐渐显现出来。

不到二十分钟的时间，酥在春雨里的舒服的感觉很快就还了回去：所到之处，被踩踏、碾压的牛粪铺满一地，现出人畜的脚印以及摩托车、人力车的车辙；猪圈、牛栏里的污水都顺着墙脚流淌在路的两边。乍暖还寒，许多小虫子就已经迫不及待地长大，它们扑面而来，我不得不用手去驱赶它们。

我和村主任见缝插针，几乎是跳着才进到村子里。

这个绿树掩映的小村庄，只能远观啊。

主任说，平时会好一点，这几天瑞明家里有事，来不及清理牛粪，加上这两天其他村的母牛都来我们村配种，牛粪比平时多了好多，所以就变成这样。

在我们野马镇，每到配种的季节，猪也好牛也好，都是公猪或者公牛的主人赶着自家的宝贝，上门“服务”，傍晚的时候，公牛或者公猪的后面，经常跟着一个醉汉。这里颠倒过来，凤求凰，难道公牛比母牛金贵？

我说，你们这里的习惯很独特嘛，我们那里都是公牛上门，任劳任怨。

主任说，这是科学。

可能吧，我不懂科学。

后来我知道，为了改良水牛品种，自治区水牛研究所的科学家采用新的科学方法，给村里的母水牛统一催情，并带来良种公牛，集中交配。公牛母牛的“情事”，已经不是我小时候的野马镇版了。从这件事上看，时代真的是变化太快。只是我村一地的牛粪，没有人处理。

我们来到瑞明家。瑞明家的房子只有一层，墙体裸露，水泥砖被雨水冲刷，开始泛黑，让人想起劳累过度，脸上长黑斑的汉子。这房子有些年头了，和他家两边都是两三层且外层都贴上瓷砖的房子相比，有些寒碜。屋里也一样，墙体没有抹灰，这座房子用了多少块水泥砖你都能数得出来。墙上挂着衣物、竹篮等杂物和生活用具，感觉家里重要的东西都挂在墙上。家中桌子有两张，一张是神台，神台上有祖宗的牌位和伟人的画像；另一张是吃饭的桌子，吃饭的桌子摆在家中间，桌上有粘苍蝇的白色卡片，刚换新的，有几个黑点在挣扎。这还是春天啊。

村主任用土话喊：瑞明瑞明。

一个男人从房间出来，矮、瘦、黑，像极他家年代久远的墙。

主任跟他简单地介绍我，说的是当地的土话。瑞明的手在围裙上搓了几下，就伸过来给我握。他叽里咕噜说了一通。主任也没给我翻译，好像瑞明跟我讲的都是不需要翻译的废话。主任拍他的肩，大概瑞明逢人就诉苦的毛病他已经厌烦。他跟他叽里咕噜几句，瑞明点点头，松开我的手。

主任对我说，瑞明家的困难跟其他家不一样，他儿子不成用。

“不成用”，我以前跟附近这一带几个县的人打交道，他们都用“不成用”这三个字来形容某些质量不好的物件。比如说物价上涨，他们会说，现在的钱不成用，某些商品质量不好，他们就说，这个东西不成用。现在，我终于听到，瑞明的儿子——“不成用”。在我们野马镇，说一个人“不成用”不用这么含蓄，一个人“不成用”，我们就会说，这个野仔废了。“不成用”，比“废了”文明得多。

主任说，瑞明当清洁工挣钱给儿子绍永去南宁读大学，他毕业后不好好找工作，而是跟人去搞传销，这就“不成用”了。

去搞传销，那还得了。南宁的青秀山、五象广场，防城港的海洋公园，北海的老街，经常有很多胸口挂着观光牌的游客，他们多是来自北方，被自己的亲戚、朋友、同学、同事以“参加北部湾大开发”的名头，“劝说”来到广西，被“资本运作”这样的“捞金术”所迷惑，饿虎扑食一样赶来，梦想有朝一日能登上“传销王国”金字塔的塔端。他们最初都是被一辆大巴拉到南宁、北海、防城港等地著名的楼盘或者景点旁边，旅行团一样轰轰烈烈。他们的“导游”从始至终，只干一件事，就是很神秘地告诉他们这些楼盘和景点的来历——这些楼盘和景点，每处都有强大的官方势力在支持。这些楼盘的哪一块砖哪一片瓦，景点的哪一块石头哪一尊雕塑，都隐含着发财的门道。总之，不是有后台，就是风水好，这很“中国”。一圈转下来，有人离开，有人留下。我的一个北方同学，有一年被骗到南宁，在旅游大巴上被洗了几天脑，才想到要来找我，我去接他，途经竹溪大道边上金光闪闪的“迪拜七星酒店”，他对我说，这个房子，是某某家的。某某是国家领导人。我当场就说他被骗了。这时候他还陶醉在自己的发财梦里，从包里拿出他自己写的几幅字，说下车后，你找个印油，我给你盖章，一幅字值一万块钱呢。他是书法家我还是第一次知道，我哭笑不得，又不好拒绝，下车后找了个印油，他摸出印章，短短十几秒，我就拥有价值几万块钱的字。凡是被传销洗过脑的人，不管什么物件，在他们眼中，都可以卖大钱，哪怕是很丑陋的字。

我不知道瑞明的儿子绍永是怎样的一种情况，一般搞传销的大多都是外地人，他一个本地人，怎么好意思去走邪路，最后变得“不成用”呢。我心疼瑞明，一个乡村清洁员，有一个搞传销的儿子，父子俩职业差距也太大了，一个在地上刨食；一个想天上摘星，他以为他是航天员。绍永不会想连他爸都拉去入伙吧。

真是这样。村主任说，瑞明人老实，在村里人缘很好，绍永想通过他在村里发展下线，瑞明没有上当，惹恼了绍永，两年不回来，后来还是警察帮忙，端了传销的窝，才把绍永“遣送”回村里。

主任说，绍永回家后，吃了睡，睡了吃，成了一个懒汉。最最要命的是，他跟他爸爸，他妈妈，跟所有的人零交流。哑巴一样不说话。前几天，瑞明说了他几句，他竟拿刀片割自己的手腕，幸亏发现得早，要不事情就大了。瑞明这几天天天守着绍永，生怕再出什么意外。村里的卫生没人理，一路都是牛粪……

主任说，你是从南宁来的，你帮一帮瑞明，去做绍永的工作，拿死来威胁老头子，这不是坏人吗。

瑞明在一边连连点头。

这就是村主任带我来瑞明家的目的，他要我想办法，劝说一个曾经深陷传销迷局的年轻人，重新回归社会，替父分忧，挣钱养家。

这是我下乡扶贫的第一个任务。

瑞明看着我，在他眼里，我是那个能救命的郎中。

这有点难，我平时在单位，懒得跟人说话，我说的“说话”不是那种客气的、礼貌性的聊天，那样的聊天我也会，我说的说话就是不要轻易跟人掏心窝，哪怕是最好的朋友。好事也好不好的事也好都要自己藏好。好事别人不会轻易羡慕你，不好的事也没有人帮得上忙。所谓的分享，不是炫耀就是诉苦，在我眼里都是自取其辱。去劝绍永回归社会，高高在上，无关痛痒地说些电视上经常播的话，肯定不起作用，如果我是绍永，有人来这样劝我，可能会适得其反，会更加坚定我终生以传销为业的决心。还有，我前面说过，眼下，我看什么都顺眼，一个成年人，他选择什么样的生活是他自己的自由，绍永弄传销弄了这么久，内心早就板结，我去劝他，相当于鸡蛋碰石头。这个时候我有点冷漠，有点虚无。我没有细想，血缘是一只巨手，扼住清洁员瑞明的喉咙，让他喘不过气来。我也一样，我也有孩子，如果我的孩子不像正常人那样生活，我肯定也会跟瑞明一样，天天倒吸凉气，呼吸紧张。这真的是一件要命的事情，不是唱歌走调，不是跑步姿势不正确那么简单。

但是我又是个认真的人，我觉得我要跟绍永谈话之前，我得先好好了解一下绍永，真要去劝他，先要了解他，不光他，还要了解这个村庄。这个远看像仙境，近看脏、乱、差的小村，得有一些让我记得住的东西,这些东西,没准能对付得了绍永。还有,我总不能像个局外人似的跟他聊吧。总得跟他掏心掏肺吧。说到掏心掏肺,我又非常地抵触。

我拍拍瑞明的肩膀,说,你放心吧,我会好好开导他。

瑞明指着他刚才走出来的那个房间,说了句土话。村主任翻译,说,绍永就在这个房间睡大觉,你要不要现在去跟他聊?

我不愿意现在就去。我说,先不要去打扰他,先了解情况,想好怎么说,再专门找时间来见他。我说,瑞明你不要太担心。我心里想,一个刚刚拿刀片割手腕的人,短期内是不会再割第二次的。

绍永不会有事的,你该干活就去干活,村里面的卫生少不得你去做。我说。我现在确实不知道能跟绍永说些什么。

主任也在一边附和,说有李主席在你就放心吧。

瑞明失望地点头。

我兼任一个协会的副主席,送我到村里的单位领导洪大炮为了让村里人重视我,故意把我叫成李主席。我一下车他就回城了,生怕我反悔,他一分钟都不肯多待,捡了一个大便宜似的火速离开。刚见面,村主任说,来了李主席,脱贫有希望。我看得出他眼里有客套的成分。他并不相信我能做些什么。

我们又聊了一会儿收成,天气。瑞明的心思在儿子身上,不管聊什么他都往儿子身上扯。主任以为瑞明过多谈论自己的儿子我会不耐烦，就像刚进门他俩谈论绍永的事，没有原话翻译给我听那样，叽里咕噜，把我晾在一边。从他俩的语气和手势，我猜得出他俩一个在恳求，一个在推脱。主任原本是希望我今天就把这事接过来解决掉，没想到我慢热，他也只好推脱。最后他代表我跟瑞明告别。我们离开瑞明的家，瑞明没有送我们，我们还没转身，他又一头扎进儿子的房间。

这是一个什么样的村庄呢？

主任说，除非死了人，要不然吃多大的苦都不会说出来，几乎家家户户都如此。

主任跟我介绍，在村里，有时候是白天，有时候是晚上，办丧事的鞭炮声突然就响起来，那是谁家“有事”了，在这之前，这个家庭发生什么事情，知道的人并不多。平日里，各家各户万事不求人，不到最后一刻，决不轻易人前示弱。

从主任的介绍中我得出这样的印象：

这个村庄的生老病死过于波澜不惊。

这个村庄，有点深沉，也有点麻木。

我喜欢这样的小村。这样的小村，挺对我“胃口”的。前面说了，我懒得跟人“说话”，很少轻易跟人掏心窝，哪怕是最好的朋友。不管是好的事，还是不好的事，都自己一个人扛。因为我觉得好事别人不会轻易羡慕你，不好的事也没有人帮得上忙。

所谓的分享，不是炫耀就是诉苦，在我眼里都是自取其辱。

洪大炮派我来这个地方算是派对人了，我来到这里，真像是回到了家。

主任跟我讲几个“有事”的典型事例，其中事最大的，就是十几年前村里的一起群体中毒事件。

十几年前，一个五月天，村里的年轻人海民去田里洒农药，晚上回家，吃饭，喝酒，头昏眼花。海民以为自己干活太累，不胜酒力，早早上床休息。躺下不久，肚子又出了状况，先是隐痛，后来越发严重，还伴有呕吐。海民对新婚不久的老婆美雪说，完了，肯定是农药中毒了。美雪启动摩托车，用出嫁时娘家送的“背带”（把新生婴儿背在身上的长布块，能挡风，保暖），硬是把海民绑在身上。摩托车一路狂奔，赶到县城医院。

躺在医院的急救室里，海民已不省人事。医生打针，灌肠，忙了几个小时，才把他抢救过来。

几天后，海民出院，还是美雪，骑着摩托车把海民驮回家，车上，夫妇俩商量，请朋友来家里闹一闹。捡了一条命，夫妇俩都觉得庆幸。回到家，美雪杀鸡宰鸭，烧火做饭。朋友们接二连三地来到，这个时候，他们才知道海民农药中毒的事。这几天，夫妇俩去了哪里，去干了什么，竟然没有一个人知道。他们几乎每个人都对海民说大难不死必有后福。

海民刚刚出院，不敢喝酒，让朋友们放开喝，朋友们也不客气，打圈干杯，猜码划拳，非常火热。酒足饭饱，朋友们各自回家，一个看似平静的夜晚，这时候危机四伏。接下来，前后不到两个小时，来海民家吃饭的朋友，先后被家里人，像当初美雪送海民去县城医院那样送往县城，两个小时前他们还在海民家猜码划拳，两个小时后又在县城医院的病房里汇集……当晚在海民家喝酒的一共有七个人，先是赵一敏被弟弟赵二敏送到医院，刚刚进急救室，第二个朋友又被送到，是赵孟林，他喝酒时最活跃，又是唱歌又是跳舞，现在被他老婆从摩托车上背下来，瘫在地上，口吐白沫……医生一问，得知赵孟林跟刚刚被送到急救室里的赵一敏今天同一个饭桌上吃饭，知道大事不好，肯定是群体性中毒事件。医生报告给院长，院长还没赶到，又一个中毒者被送到，是赵东生，接下来是赵茂林和赵启胜……

这个村庄，伴随着摩托车的轰鸣声，先后有五道光柱，野兽的眼神一样划破黑夜。

除此之外，并无异常。

整个村庄没有人知道发生了什么。

没有人知道这个村庄的另外五个人，在县城医院的病房外，焦急地等待亲人的消息。

在海民家吃饭的一共有七个人。另外两个是冠远和他的儿子忠发，他们没有被送到县城，因为家中只有父子俩。冠远以前当过兵，学过战地自救的知识，自己肚子翻江倒海时，他知道这是中毒了，得想办法把吃下去的东西吐出来。他跌跌撞撞去找煤油，之后摸进儿子忠发的房间，忠发这时候已经昏迷，老人家撬开忠发的嘴，往里灌煤油，忠发没有咽下去，他已经不行了，老人家只好拼命往自己嘴里灌……后来是乡医院的救护车把他和忠发接走的。之前，县医院的院长知道同桌吃饭的还有海民、美雪夫妇和冠远、忠发父子，马上打电话给乡医院的院长去村里查看，海民、美雪夫妇从睡梦中被叫醒，他们没事；冠远、忠发父子躺在房间里，奄奄一息，乡卫生院的人砸开大门，把他们送往县城。

一起来海民家聚会的七个人，最后只有忠发没有抢救过来……

罪魁祸首是海民的酒，当晚喝的酒跟海民住院前一晚喝的是同一种酒。海民有风湿，经常去挖八角树的根来泡酒，这一回他不小心，把断肠草的根当八角树的根泡在酒里。那天，海民到地里喷农药回家后喝了两杯，当时就中毒了，他以为是喷农药中的毒，县里的医院把他抢救过来后，也以为是农药惹的祸。没想到，要命的错误一犯再犯……后来海民和美雪去了广东阳江，他们去那里的刀具厂打工，不再回来。原因很明白，这个事件让他们愧疚终身，无脸见人。

最可怜的是冠远，他跟儿子一同去海民家吃饭，儿子照顾他，凡是该他喝的酒儿子都抢过来喝，儿子简直就是替他挡刀。

冠远现在八十多岁,自己住一栋两层小楼,靠吃低保过日子。

听完我挺沉重的,我让主任带我到冠远家看看,主任说,冠远八十多了,不喜欢有人到他家,他喜欢清净。估计到死都这样。

这样的故事,给我很大的触动,主任跟我说起这件事情时,轻描淡写。我离开农村太久,关于农村的消息,多是来自互联网。说老实话,互联网上比这惨得多的故事有很多很多。但是在电脑前看到,跟在事发地听到或看到,感受很不一样。

这个村庄,这个村庄的每一家每一户,所有的苦难都自己消化。每个苦难都有来路和归途,像雨融于土地。

此刻,我脑子里全是摩托车孤独的光柱,还有车上,那些“不敢高声语,恐惊天上人”,埋身黑夜,送自己亲人去医院救治的男人女人。

这个孤独的人间。

我以为自己已经怀揣这个村庄的心事。

如果把这个村庄当成一个人,那这个人也可以是我。

那我又是怎么样的一个人呢?

小时候的孤儿,长大后愤世嫉俗,三十而未立,“北漂”打拼,靠写小说出道,终于“人模狗样”,终于“看什么都顺眼”。

老实说,我当初是一个什么样的人,我已经忘得差不多了。

曾经不下十个人跟我讲我当初对他们的好:

大眼,现在在野马镇,正在被肺病折磨,少年时代的他,好勇斗狠,每一次被人追打,都逃来我工作的小镇躲避,经常在我那里,一住就是半个月。

小成和小朵,我的同学,一对模范夫妻,当初双方父母都不同意他们的婚事,越是不同意,就越是要在一起,他们背着父母领了结婚证,但是他们根本没有去处,小成找我商量,我说,你们先到我那里住一段时间,顺便摆个地摊,现在他们赶你们出来,以后他们得求你们回去。我的房间变成他们的婚房,他们的儿子大成就是在那时孕育的。怀上孩子之后,两家老人才同意这门婚事,后来补办婚礼,我还当小成的伴郎。

……

那个时候,我工作的地方,简直就是朋友们的避难所。

现在,只要我一回老家,朋友们就轮流请我吃饭,说当年我对他们的好。回想起来,那是很久以前的事了,他们说的以前的我,完全变成一个陌生人。那时候的我,讲义气,也很傻。

现在,如果朋友们再有什么事,我还会这样吗?我不知道,因为我现在也跟这个村庄一样,深沉,麻木。见过太多让人伤心的事情,也经历了背叛、利用和忘恩负义,我已不再关心别人怎么对待自己,对别人伤痛、衰败也熟视无睹,不再愤怒,也不再焦虑,心如死水。有一首歌这样唱:

转眼一瞬间

不知多少年

多少悲欢离合假装没看见

……

这歌唱的就是我啊。

现在,我跟这个小村合二为一。

我觉得我可以跟瑞明的儿子绍永谈了。

几天后,我再次来到瑞明家,瑞明看见我来,很高兴,把我请到绍永的房间,轻轻地推门,又轻轻地关门,房间只剩下我跟绍永。

绍永躺在床上,裹着红色的棉被,背对我。我只看见他的头发。他床前摆着一个桌子,一台崭新的台式电脑立在床前,电脑的包装盒子扔在房间一角。可怜的瑞明,为讨好儿子,给他买电脑。绍永现在,只跟电脑亲。

我说绍永,我是李主席。

他动都不动一下。

绍永,我们聊一聊,你有什么想法跟我说,看我能不能帮你。

说这句话我很心虚。

他还是没有什么反应。

房间里一张凳子都没有。我只好坐在床沿,不像是来聊天,像是来探视病人。

我轻轻地推他。绍永,绍永。

死人一样。我知道他是醒着的,只是不愿意跟我聊。房间里掉下钢针都能听见响声。

瑞明一直在门外偷听,听到房间里没有什么动静,待不住了,又推门进来,帮我喊绍永,说的是土话,大概是绍永的小名。瑞明跟自己的儿子说话,轻轻缓缓的语气,像要把他含在嘴里。这个被血缘勒住喉咙的父亲啊。我心疼他。我真帮不上什么忙,显得特别多余。

这时候房间里进来一个小孩,三岁模样,他跑到床前,用指头摸绍永的头发:爸爸我爱你,爸爸我打你。小孩说。

爸爸我爱你,爸爸我打你。把我给逗乐了。

你是谁啊?我问。

但是在我面前他只说这两句。边说边用手摸绍永的头。

小孩是瑞生的孙子,瑞生家离瑞明家不远,孩子的爸爸妈妈在广东打工,他一个人跟爷爷在家。

爸爸我爱你,爸爸我打你。

小孩又说了一遍,就跑出去了。

从始至终,绍永一点反应都没有。孩子搞笑的呼唤和稚嫩的手都不能让他动一下。

我无功而返。

夜晚，我不甘心，想再去试一试。

瑞明夫妇不在家，明天县里要来检查，他们连夜搞卫生去了。

家里的门开着，绍永房间的门也没关死，推开房门，关上房门，这才发现，房间的门闩给抽掉了。外人随时都可以进来。绍永没有给门装上门闩，这样很不错。你们想来就来——他大概是破罐子破摔的想法。也可能想让父母放心，他不会再割手腕。

绍永，绍永，我是李主席。

他还是上午的那个姿势，我也还是只能见到他的头发。

绍永，我是李主席，我们聊聊好吗，你看我都来了第二次了。

他一动不动。我去摸他的头，他的头猛地一摇，他在抗议我的抚摸。我倒吸一口凉气，不敢去碰他。

我还能怎样呢？他拒绝与我交流，我还能怎样。

这个晚上，本来如果他与我聊的话，我是打算掏心窝跟他聊的，我想跟他聊聊我自己，聊一聊这个村庄发生的事情，十多年前那起中毒事件发生的时候他也还是个小学生吧。

但是他不理我。

我有些生气了，拍了拍被子，就走了。

我乡下扶贫的第一个任务进展为零。

瑞生家的门开着，灯也亮着。我刚才路过他家门口时，他三岁的孙子，那个摸绍永的头说爸爸我爱你、爸爸我打你的男孩还在家中玩耍。在绍永这里碰壁，我想去瑞生家看看。随便跟瑞生聊点什么，打发这个夜晚。

抬脚进他家门时我看见血迹。以为是鸡血，没有在意。家中一台切猪菜机器边有一捆未切的红薯叶，我走过去，看见机器边也有血迹，越接近那台机器血迹越密。

这个时候我大吃一惊：我看见那捆红薯叶旁边，有三根小手指。

出事了。肯定是瑞生的孙子玩切猪菜的机器，把自己的手指给切断了。此时，瑞生肯定是带着孙子，急急奔赴县城的路上。但是他忘了把断指带上，如果不把断指送去，孩子将终身残疾……

我捡起三根断指，用餐巾纸包好，飞快地跑去瑞明家，踢开绍永的房门。

躺在床上的绍永受到惊吓，转过头来看我。一张惊恐的脸。

赶快带我去县城！我朝他吼。

很快，绍永和我坐在单位给我配备的电单车上。我们还能快点吗？我们还能快点吗？身后的绍永跟我说话。这是他第一次跟我说话。

我没有回答。

这时候,夜幕被灯光划破。

那是野兽的眼神。

龟龄老人邱一声

邱一声是我们野马镇年纪最长的老人,70岁的时候,他的儿子阿牛跌河死了,从那时起他开始失忆。野马镇的人喜欢跟他对话,他们问他今年高寿,他永远都这么回答:今年70。

他因长命而受人尊敬。

他不知道自己的岁数,他的岁数,由像我这样衣食无忧、整天无所事事的人惦记着。他每活过一年,我就在心里说,邱一声又长了一岁。我还学古人结绳记事,在我家的横梁上用毛笔画黑杠——九十几道杠,邱一声的年龄,把我家的横梁涂成非洲的斑马。

与野马镇相邻的九渡镇、百旺镇,还没有一个人能活到他这个岁数,有这么一个长寿老人活在自己的地盘上,野马镇的人都觉得脸上有光。

儿子刚死的那几年,他被当成野马镇的累赘,只有修自行车的张权一个人去照顾他,张权是他拐了七八个弯的亲戚,他不去照顾,就没人去照顾了。没想到,野马镇一场长寿比赛从此开始，跟邱一声一样岁数的人，一年走几个，很多老人倒在了这场比赛的路途上。邱一声 90 岁的时候，人们醒悟过来，这才把他当成手心里的宝，自发地担负起赡养他的义务，每户一天循环反复，负责他的吃喝拉撒。我也是从这一年开始在我家的横梁上画黑杠，我一口气就画了 90 道杠，以后他每活一年我才画一道，这样一来，这些黑杠的颜色深浅全都一样。

不管怎么说，邱一声终于熬成野马镇的骄傲。

很长的一段时间，野马镇的人喜欢谈论邱一声的饭量、喜欢吃的菜、睡觉打不打呼噜等等，还因为这样的话题，发生争吵。

董志国说邱一声喜欢吃肉。董志国是一个屠夫，轮到他照顾邱一声的时候，随便捡些碎肉，就能对付邱一声的一日三餐。

蓝伏龙说邱一声如果喜欢吃肉，怎么会长寿？他喜欢吃素食，青菜拌火麻，他吃起来比什么都香甜。蓝伏龙是个菜贩子，经常拿青菜拌火麻煮给邱一声吃。我不是买不起肉，只是邱一声太喜欢我煮的青菜拌火麻了，有一次我煮肉给他吃，他竟像小孩那样哭了起来。他说。

董志国不服气，轮到他照顾邱一声的时候，炖了一锅肉，邱一声吃了一碗又一碗。董志国夸张地说，要是我不拦住他，他一顿就能把那锅肉吃完。这话是对蓝伏龙说的。他说你讲假话，他哪里哭了？看见我煮肉，他还说，放八角，他口味很重。

蓝伏龙是个老实人，为了不给人留下抠门的坏印象，轮到他照顾邱一声的时候，也煮了一锅肉。整个过程董志国一家都在场，蓝伏龙希望当邱一声看见碗里的肉时，也像上次那样，号啕大哭，如果董志国一家有良心，他们会主动到处传播：董志国负责跟猪肉行里卖肉的和买肉的说；他老婆负责跟街头巷尾那些喜欢嚼舌头的女人们说；野马镇有一百个小孩，董志国的小孩是个孩子王，从他嘴里传出去的话，就是小孩堆里的最高指示。这样一来，他抠门名声就去掉了。

在邱一声家的菜板上，蓝伏龙把肉剁得山响。他有一点私心，因为他同时也准备了青菜和火麻，如果邱一声听到剁肉的声音哭了起来，他马上换菜，他们一家不喜欢八角的味道，等到煮熟后才换成青菜，这肉基本上就算浪费了。

蓝伏龙一边剁肉一边观察邱一声，他坐在椅子上睡着了，嘴角挂着一条亮晶晶的口水。蓝伏龙越剁越狠，想把邱一声剁醒，竟把邱一声家薄薄的菜板剁成两半。

董志国在一旁说，蓝伏龙，其实你应该当屠夫，空有一身力气，不当屠夫可惜了。

董志国说得对，在野马镇当屠夫，得有一身蛮力，如果一个人不能扳倒一头大肥猪，基本上就得远离这个行业。蓝伏龙精瘦，看起来不能当屠夫，没想到在邱一声家他手起刀落，竟被董志国看出了当屠夫的潜质。

蓝伏龙说他老人家牙不好，肉剁碎点好消化。

他又在讲假话，邱一声的牙好得很，很多人认为，他之所以长寿，是因为有一口好牙。

董志国厚道，没有在牙齿的问题上跟蓝伏龙纠缠，他一直在等蓝伏龙煮肉。他要让事实证明邱一声之所以长寿是因为喜欢吃肉。

蓝伏龙洗锅、生火，每一个环节都弄出很大的动静。董志国的老婆和孩子瞪大眼睛，这个卖菜的蓝伏龙，不就是煮两斤肉吗，用的力气像在煮一头猪。

火烧起来了。不一会儿锅里的肉开始冒香味，邱一声没有马上醒过来。蓝伏龙抓了一把八角要往锅里扔，被董志国拦住，董志国说你想苦死他老人家吗？他掰开蓝伏龙的手，捡了一朵八角。就放一朵。他说。

蓝伏龙往火灶里加柴火，火苗舔到锅盖上面。锅里很快沸腾起来，水蒸气噗突噗突地往外冒，可惜屋里没有风，香气传到邱一声鼻子边的时候已经很淡。蓝伏龙找来一把扇子，朝邱一声的方向扇风，这个方法果然奏效，邱一声这个失忆的老人，这个记忆永远都停在70岁的老人，被一阵浓浓的八角味肉香熏醒了，他咂巴嘴唇，说的第一句话就是：拿碗来。

董志国的老婆和孩子摇摇头，哼了一声，就出去了。他们懒得待在这里，他们想尽快去跟野马镇的人报告，蓝伏龙说的是假话，邱一声如果不喜欢吃肉，能活到今天？

看着邱一声大口大口地吃肉，蓝伏龙的情绪有点失控，他朝邱一声喊：上次你怎么哭了，好像看见我在碗里放了毒药一样。他的吼声没有吓住邱一声，邱一声低头吃肉，根本不理会他。

董志国厚道，他没有看蓝伏龙的笑话，而是替他开脱，董志国说火麻跟肉一样贵。

火麻在外面卖得很贵，在野马镇卖得不贵，董志国拿北京火麻的价钱替蓝伏龙开脱，蓝伏龙当然不满意。不是钱的问题，而是关系到自己抠门不抠门的问题。

董志国说，你不要太认真，上次是上次，这次是这次，不能说明什么问题。在野马镇，如果你拿一件事情，来证明其他的事情，到头来苦的是自己。这个道理，我们杀猪的人懂，你们卖菜的未必懂。

董志国的话让蓝伏龙摸不着头脑。为什么杀猪的人懂，卖菜的就不一定懂呢？蓝伏龙来找我——野马镇的第一号闲人，跟我说董志国的话到底有什么样的含义。我对邱一声喜欢吃肉还是喜欢吃青菜一点都不关心，一个失去记忆的老人，他哭也很正常，喜欢吃什么不喜欢吃什么也很正常。俗话说人活六十，过一年算一年；人活七十，过一天算一天。照此推算，人活八十，过一个小时就算一个小时；人活九十，过一秒算一秒。邱一声是活过一秒算一秒的人了，他有什么举动都很正常。我想起我家横梁上密密麻麻的黑杠，画一道上去，多么不容易啊。

我说，大概董志国觉得他见的世面多呗。

屠夫肯定比卖青菜的有想法。我当时这么想，但没有这么说。在野马镇，屠夫屠宰牲口的时候，嘴里都得念叨：天杀你地杀你不是我杀你。就是死后，超度的方法也跟其他人不一样：那把屠宰的刀，得跟供品放在一起。神仙要是追究，就追究刀好了，躺在棺材里的人，该去哪里就去哪里。想一想，一个屠夫，他每天嘴里有“经文”，死后案前有屠刀，想的能不复杂？万一神仙真要追究……

蓝伏龙说我明白了，董志国大概觉得自己高人一等。

我说你可以这么理解。

蓝伏龙说天天杀生，死后下十八层地狱，还高人一等？

我没有说话。

蓝伏龙追究的是董志国凭什么比别人高人一等。我打发他走之后，想的却是董志国的话：不能拿一件事情，来证明其他的事情。

这又回到了邱一声在上次蓝伏龙照顾他时为什么会哭的事情上面。他之所以哭，可能跟吃的一点关系都没有。蓝伏龙在这件事上认真了一回，弄得自己很受伤。

前面说过，在野马镇，我是一个整天无所事事的人。我仗着父亲留给我的一大笔钱，衣食无忧，喜欢做的就是读书。平日里，我捧着一本书，在楼顶上晒太阳，书也不是什么深奥的书，一些章回小说、一些武侠小说——这辈子我就指望它们打发时间，因为喜欢看书，我显得比野马镇的其他人稍稍有一点文化。

我为什么有闲情逸致把邱一声的年龄画在我家的横梁上面，而不是顺手画在触手可及的柱子上面，这下你明白了吧——

我把邱一声又活一岁，当成又看了一章章回小说。

我家的横梁很高，要将邱一声的年龄画在上面，得用很高很高的梯子，踩着高高的梯子爬上横梁，很有仪式感，就像有新的工程开工，领导喜欢去剪彩一样。这样的事，除了我野马镇没有第二个人会去做。

当然，我这么做也有一些野心，或者说有一个期望，我期望也能跟邱一声一样长命，等老的时候，坐在横梁下面的椅子上，数着过去的邱一声、现在的自己的岁数，像爬一道一道楼梯，确实是一件很幸福的事情。

邱一声每长一岁，我就多一份念想，就多一份压力，我三十五，还有六十年，才够得着他——我也是活得不耐烦了才这么想，野马镇的其他人不会这样。他们在为生计忙得焦头烂额，屁滚尿流，十五岁的人干二十五岁人的活，五十岁的人有六十岁人的心事。

现在，我琢磨屠夫董志国的话，不能拿一件事情去证明另一件事情。这让我觉得野马镇藏龙卧虎。我接下来要做的事，几乎就是为了证明董志国讲的对还是不对。

那天，轮到我去照顾邱一声。前几次我都是给钱让别人顶替，那段时间我也是闲得没有章法，书看不进去，野马镇也没什么让我感兴趣的事发生，我突然就想去照顾邱一声一天，看看跟长寿老人一起生活到底是什么样子。为了显得跟别人不同，我做了精心的设计。我不能像董志国和蓝伏龙那样，在邱一声到底是吃肉还是吃青菜的事情上做文章。我想在我照顾邱一声那一天给他过个生日,也就是做寿,所有的街坊一家来一个人,热热闹闹吃顿饭。在野马镇,一个老人七十岁以前,生日必须过在出生的那一天,可以是农历,也可以是阴历,八十岁以后就不同了,只要过在出生的那一个月就行。九十岁以后就不那么严格了,想哪一月过就哪一月过,想哪一天过就哪一天过,甚至想过几回就过几回。

我把我的想法跟张权说了,他一个人照顾邱一声那么多年,什么怨言都没有,大家都佩服他,街上的红白喜事都由他张罗。他是野马镇谁家都离不开的人物。我们这里有一个好处,不是谁钱多就听谁的、谁家里有人当官就听谁的。如果谁钱多就听谁的,那我说话就算数了。如果谁家里有人当官就听谁的,那老李是副镇长,可街上的人每一个都不“鸟”他。

张权说这样不好。如果你给你妈妈做寿我不反对。你给邱一声做寿,就不妥了,这样显得你很有钱是不是?大家都缺钱,你看一看,这些年有哪一户人家大操大办给家里的老人做寿?再说了,你有钱,那是你爸给你留下的。你爸短命,他留给你的钱是拿命换来的,他为什么短命?就是因为这些钱。你拿他的钱去给邱一声做寿,不合适吧。

既然张权把我爸抬出来,我不得不说一说我爸。有时我甚至这么想,邱一声为什么那么长寿,是因为有我爸这样短命的人——他们把自己的岁数贡献出来,让别人替他们活。我这样想其实也没有什么道理。人就是这样,不是每一个想法都合乎道理。虽然不合乎道理,但是你还止不住经常这样想。

我爸对人好,他开矿,每死一个人,其他矿主给一万,他给三万。野马镇的很多人都跟着他干,有人护矿,有人挖矿。挖矿的得有力气,护矿的得心狠手辣,可以这么说,那几年,野马镇几乎所有有力气的和心狠手辣的人都跟着我爸干。矿上每年都死几个人,有时是心狠手辣的死,有时是力大无边的死,我爸一视同仁,每人三万,没有一个人来闹。没人来闹,什么事都没有。但那一回事太大了,坑道透水,二十几个人被困在里面,凶多吉少,我爸慌了,把二十几个矿工的家属找来,讨价还价,有些家属愿意讨价还价,有些家属嚷着应该先救人。如果救人,肯定就得往外张扬。我爸不愿那样干,钱就出得很高。每人十万,几乎所有的家属最后都同意了,签字画押后将钱领走。没想到一个小女孩对着矿井喊了一声爸啊,她妈妈就反悔了。扔下十万块钱就跑。事情就这样捅了出来。结果是二十几个矿工死。我爸被枪毙。县委书记也被枪毙。因为是全国第一例,野马镇那一带的所有窿道,全部用水泥封死。

我不愿意说这些事情,因为野马镇出了这样的事,打那以后全国的报刊电视对矿难的报道就多了起来。

不说我爸了,还是回到要给邱一声做寿的事情上来吧。我真的很想给他做寿,甚至想把时间定在我爸死的那个日子,有人死了，有人长寿，大家都还乐和乐和，这就够了。我以为我把这个想法跟张权说之后他会赞成，没想到他一口否掉。我爸的钱就是我的钱，他短命也好长寿也好，都是。不就是街上的人一起吃个饭吗？

既然张权不同意，那也就算了。

这样一来我还有必要去照顾邱一声一天吗？

还是去吧。平时我的日子过得很虚，我得让我的这一天过得实实在在。但是只看他喜欢吃些什么，睡觉睡得好不好，我又心有不甘。问题是我不喜欢开动脑筋，我爸留给我这么多的钱，换了谁谁都不愿意开动脑筋。如何照顾邱一声，我不知道该怎么办。

这时候我弟回来了。我爸被枪毙之后，他跑到云南开矿，做得几乎跟我爸一样。他比我还爱我爸。我爸死时他哭得死去活来，我不是，二十几条人命，加上以前死去的那些人，我爸死得不冤，其他的人才冤。前面我之所以说他好，是因为别的矿上一条人命一万，他给三万。

我弟回来后我跟他说我要去照顾邱一声的事，他很冷漠，说这样的小事不必跟他商量。我爸死后他就这样，什么事都喜欢用钱去砸。这样一来，跟谁都生疏了。他这次回来要把我妈接去云南，我妈也愿意。他们都把野马镇当成伤心的地方。都想这一去就不回来了。我没有反对。我们家在这里有那么多条人命，我妈在这里一天，就多一天煎熬。她跟我弟不同，我弟是哪里让他开矿，哪里就是他家。我妈是哪里能让她心安，哪里就是她家。我跟他们又不同，我不想挣钱，那些人命是我爸欠下的，为此他抵了自己的命。在野马镇我没有欠谁的，所以我希望我像邱一声一样长寿。

我弟带我妈走没几天，我就去照顾邱一声了。

蓝伏龙和董志国都认为我照顾不了邱一声。蓝伏龙跟我说怎么煮饭怎么煮菜什么时候生火灭火熄灯睡觉之类的，这些我都懂；董志国讲的我比较感兴趣——他给我透露一个秘密：邱一声是野马镇的活化石，别看他失忆，他偶然张开嘴巴，全是野马镇的事，而且年代越远，则越清楚，越惊心动魄。这下我来了兴趣，听邱一声说过去的事，不管是真是假，都很有意思。董志国还说，他长寿，但是他儿子老婆都没了，你有钱，但是你爸没了，两个人肯定有很多共同的语言。这个董志国，别看是个屠夫，说的话还有点水平。这是我一直不敢小看野马镇的原因。

为了听邱一声讲过去的事情。我决定照顾邱一声十天。我叫我们家以前的司机方老虎把我家的大冰箱搬到邱一声家，里面塞满了鸡鸭鱼肉和青菜。张权说，你照顾他十天，你是痛快了，但是却坏了一户一天这个规矩，很多人不干。我知道那些人想些什么，很多人照顾邱一声的目的是“修阴功”，也就是通过做好事为自己的来世修些福气。我说，他们修来世，我还想修现世呢，佛说了，修来世重要，修现世更重要。其实佛是不是这样说我也拿不准。张权一听我说佛就头疼，赶紧走了。他不信佛，也不看低佛，也不骂佛，他和佛各走各的道。出门前他说，那我去做一做他们的工作，难得你“修现世”。你愿意修现世，我就让你修个痛快。

以前光记得在横梁上给邱一声的岁数画上黑杠杠，还真没好好琢磨他这个人。他到底是个什么样的人呢？这样一想我慌了，我跟邱一声一起在野马镇生活了三十五年，他是怎样的一个人我竟然不知道。

前面说过，野马镇的人在照顾他的时候，喜欢跟他对话。我问张权，在照顾邱一声的时候，他们都跟他说些什么？张权说，有些人拿他当开心玩具，问他到底有几个女人。有些人一边照顾他一边骂人，把自己的不愉快全骂出来了，有些人一边跟他说话一边哭，还有骂他的呢。张权说。

骂他？

活了九十五岁，难免会有得罪人的事。

还挺热闹的，这个邱一声，他在给野马镇的人“修来世”提供方便之外，还分别充当了以下几个角色：

一、消遣

拿他当娱乐对象的主要有阿明、阿卫、阿三三兄弟，他们三个人是一个娘生的。要说他们三兄弟可真不容易，阿明瘸腿，是我们小时候的开心果。那时候全民唱样板戏，连阿明这样的瘸子也得上场。唱《平原游击队》，有一个难度很大的转身动作，唱词是“夺取机枪早下手”，其他社员一转身就转过去了，阿明不行，他一转身，整个人就垮了，得用手撑住地板，才站得稳，喜剧效果非常明显，每次唱样板戏，我们都等“夺取机枪早下手”这一场。看着阿明痛苦地转身，我们笑得非常开心，因为这样，他的两个弟弟，成了我们的死对头，他们一看见谁笑他们的哥哥，就疯了似的扑上去。往往是一场戏没演完，阿卫和阿三就在台下跟我们扭成一团，两个对十几个，他们被打得鼻青眼肿。明的打不过，他们来暗的，在下大雨的晚上，他们背一口袋的小石头，跑到岭上，砸仇人的屋顶。乒乒乓乓，被砸的人家以为下冰雹……

这是小时候的事情，长大以后，哥仨的命运也好不到哪里去。阿明开始修单车，手艺是野马镇最好的，后来收购废铜烂铁，就变成了销赃犯。镇上的变压器被偷，公安来查，在他家发现变压器的铜线，把他给抓了，正好是“严打”，被判了八年。他觉得冤，一有机会就跑，一个瘸腿的人，怎么跑得了？他的刑期从八年变成十年，又从十年变成十二年，最后十二年变成十四年，回来时，人就老了。

弟弟阿卫唱歌很好，高中毕业进了县文工团的学员班，等着成为国家干部。在县文工团，他除了上台表演节目之外，还负责在领导吃饭的时候唱歌助兴，领导叫唱什么歌他就唱什么歌。

领导在酒桌上叫他，阿卫，来一首《祝酒歌》，他马上“美酒飘香啊啊啊啊啊歌声醉，朋友啊请你干一杯请你干一杯……”领导说阿卫，唱一个《妹妹找哥泪花流》，用女声唱，他就模仿李谷一的声音“妹妹找哥泪花流，不见哥哥心忧愁”，没想到阿卫还能唱女声，领导像哥伦布发现新大陆一样兴奋，后来在酒桌上，他们都不叫他唱男声了，专门唱女声。后来在舞台上，他们也不让他唱男声了，专唱女声。搞得全县人民都知道文工团有一个能人，唱女声唱得很逼真。在舞台上，为了配合自己的声音，他穿花衣服、花裤子，衣服里塞两个气球，一出场，就笑翻全场。他以为这样很快就能解决饭碗问题，没想到一次演出的时候，他用女声唱《我爱你中国》，唱到一半就唱不下去了，这首歌调太高，他一个男人，憋着个嗓子，突然间痛苦得不停地搓喉咙。他张嘴，啊——啊——啊，声音沙得让自己害怕。

他的嗓子破了。

他在观众的哄笑声中下台。回到宿舍找糖水喝，找醋喝，以为睡一觉后嗓子又能恢复，但是嗓子并没有按他希望的那样恢复，他唱不了了，不仅女人唱的歌他唱不了，男人唱的歌他也唱不了，还变成一个破锣嗓，讲话声音像拿竹枝扫街。县文工团哪里容得下一个唱不了歌的人，他没有等到变成国家干部，就被辞退回野马镇。

小弟阿三不干，他跑到文工团骂领导，我哥喉咙坏了，都是你们害的，他明明一个男人，你们硬叫他唱女人的歌，喉咙不坏才怪。他以后的生活,你们得负责。文工团也还讲些情面,县里拨了一笔钱给他们买乐器,三千块钱,领导冒着被查处的危险,全部交给了阿三,当时三千块钱是一个不小的数目。阿三这才作罢。

阿三后来说,我大哥吧,当年不想上台唱戏,被逼着上。我二哥吧,做梦都想上台唱戏,最后变成个破锣嗓。我的两个哥,跟舞台有孽缘。

有一阵子野马镇填池塘建房子,需要大量的泥土和石头,把舞台挖掉是最便捷的办法,阿三比谁都积极,几乎一个人就把野马镇的三个舞台都挖掉了。

兄弟三个人在野马镇相依为命。做什么事都喜欢凑在一起,就连照顾邱一声这样的事情,也是三个一起上。

听张权说,他们照顾邱一声的时候,喜欢叫邱一声给他们唱歌,一个大盆里装满米饭和肉,阿明说,老爹——野马镇的人把邱一声叫作老爹——老爹,唱一个"夺取机枪早下手",邱一声就一拍椅子咿呀呀唱了起来,唱的虽然不是"夺取机枪早下手",而是野马镇一带的山歌:妹莫忙,妹莫忙,哥哥等你做新郎……阿明却很满意,一口肉就喂到邱一声的嘴里。

而阿卫呢,就是让邱一声唱女声,邱一声哪里唱得了,阿卫就喊,唱啊,你唱啊,不唱就不给你吃。他把一盆米饭和肉拿得远远的,邱一声一唱还是男声,他不满意,说,来,我来教你。他的破锣嗓,哪里教得了邱一声,于是,邱一声家响起奇怪的歌声,平日里好听的歌声，在阿卫的喉咙和邱一声的喉咙里，变成破槌敲破鼓一样的渣渣。

阿三对唱歌不感兴趣，他叫邱一声坐在一个矮凳子上，自己坐在高凳子上，学着公安审问犯人的样子跟邱一声对话：

姓名？

邱一声记不起自己是谁，摇头。

性别？

邱一声说男！

阿三说还记得自己是个男人。不错嘛。家住哪里？

邱一声摇头。

你知罪吗？

邱一声说小的知罪。

何罪之有？

操你娘的！

阿三红了脸举手，但不敢落下去，而是抓自己的头。

邱一声又说操你娘的！

阿三嘻嘻嘻嘻地笑，他不跟邱一声认真。说，除了还知道自己是个男人之外，其他都答错了，下次争取答对哟。他端起饭盆。来，开饭。吃龙肉喽，吃一口富贵双全，吃两口长命百岁，吃三口得道成仙……

我对张权说，他们拿邱一声开心，你怎么不管一管？怎么说邱一声也是你家的亲戚。张权说我怎么管得了。他们每家都有一大摊子的事情,他们能来替我管一管,已经很不容易了,三兄弟你也知道,平时苦得很,这个时候还想起唱歌、断案,我不但不怪他们,我还要佩服他们有神气哩。

张权说得不错。三兄弟照顾完邱一声,又灰头土脸地出去讨生活。阿明劳改回来后,跟一个师傅学做砂纸,在家里搭一个工棚,收一些桑树皮泡水、打浆、烘烤、上墙,全部是自己一个人干,一双手糙得跟树皮一样。他做的砂纸是祭祀用的,产量很少,销量也少,但是他愿意这样。弟弟阿卫给人搭手当屠夫,本钱少,两个人合买一头猪,杀掉后一人半边拿去卖,输或者赚都由自己负责。阿三以前帮我爸护矿,野马镇的矿窿现在都被钢筋水泥封死了,他不想再干什么活,跟我一样,游手好闲,不同的是我有我爸的遗产,他没有。

我想,可能在照顾邱一声时拿邱一声开心,是他们在野马镇唯一的乐趣。如果剥夺了他们的这个乐趣,他们活着就一点意思都没有了。这样一想,我觉得他们一点都不过分。

二、受气包

董志国的老婆阿珍在照顾邱一声时,喜欢拿他当董志国骂:你这个死砍头,我嫁给你有什么好处?天天当牛做马,起早贪黑,别人杀猪你也杀猪,别人杀猪早就起楼房了,连卖青菜的蓝伏龙都起楼房了,你一个杀猪的,比不上一个卖青菜的,你丢不丢人啊……

董志国有一个残疾的弟弟，董志国不但要负担一家人的生活，还要负担弟弟的生活，一年下来，剩不了几个钱，哪里起得了楼房。但是董志国很要面子，人前绝不叫穷，别的屠夫抽什么烟他就抽什么烟，穿着打扮，绝不比别人低一个档次，就是照顾邱一声，也不让别人觉得自己差。他的死要面子，引起老婆的反感。董志国脾气暴躁，阿珍在他面前不敢怎么样，她喜欢在背后说家里的糟心事，她一跟别人说，董志国很快就知道。所以，在董志国家，打人的事经常发生。阿珍觉得在背后说自家的事很不安全。骂个人都不安全，这日子怎么过？好在有邱一声，对着邱一声骂董志国，邱一声不会说给董志国听，这样一来就没有什么顾虑了。

也不光阿珍会骂人，蓝伏龙的老婆阿香也会骂人。在邱一声家，蓝伏龙老婆阿香不骂自己的老公，而是骂一切可骂之人。她首先骂我爸。她的亲弟弟阿水是那场矿难死去的二十几个人中的一个，别人每人十万，阿香的弟弟阿水十五万，野马镇的人帮我爸干活，都是像阿三那样护矿，阿水除外，他们家只有他一个男孩，所以我爸给十五万，比其他人多五万，就是多这五万也阻止不了阿香骂我爸，跟一条命相比，这五万也不算多，所以阿香骂我爸骂得有道理。她这样骂我爸：

这个挨千刀的喔，你前世跟我们是冤家，你原来是个鬼，跑来阳间索命，可怜阿水，我家的独龙仔（意思是唯一的男孩），死在我爸我妈的前头,你叫我爸我妈怎么活?你这个挨千刀的,你这个挨千刀的。你死了都不解恨啊……

她最爱骂的,还有税务所的老韦。阿香开个杂货店,老韦去收税,阿香总觉得老韦收她的税收得多,收别人的税收得少,每次都叫老韦减她的税,老韦不肯,她就骂老韦,骂了很多次之后老韦威胁她,你再骂我就告你抗税!她怕了,只好到邱一声这里来骂:

你这个黑狗,乱要我的钱。你以为我赚钱容易,每天站得腰酸腿疼,几个辛苦钱,全部交给你。我前世欠你什么债,惹得你天天来讨钱,别人你收少,我的你收多。你这个黑狗,你是个催命的妖,你这个杀人的魔……

阿香一骂人,邱一声就发抖,饭都不肯吃,喊道:作孽啊!

阿香不理解,问,为什么阿珍骂人你说好,我骂人你喊作孽啊?邱一声没有说话,下次阿香到来的时候,他的两只耳朵,塞上了棉花。他微笑着看阿香,那意思就是,你骂吧,你怎么骂我都听不到。阿香在他面前响亮地骂,你这个死砍头——这是骂我爸,你这个黑狗——是骂老韦,你这个野仔——是骂野马镇任何一个该她骂的人。

三、神

野马镇不乏虔诚善良的人,阿亮就是其中的一个,他说邱一声为什么长寿,因为他像佛。邱一声红光满面,两只耳垂像铜钱,坐在椅子上等饭吃,像是打坐的佛。

有人问阿亮,为什么邱一声 90 岁以前你不说他像佛,90 岁以后你才说。

阿亮说要成佛,得需要时间。阿亮说我还记得当年邱一声的样子,瘦瘦的,目光凶狠,像个随时跟人抢饭吃的人,现在不是这样了。他们说光看相貌就说他像佛,那他妈的这个世界佛就多了。阿亮说我只是说他像佛,又不是说他是佛,如果他是佛,我们得给他盖座庙,天天给他烧高香。

虽然没给邱一声盖个庙,但阿亮照顾邱一声的时候,是按照照顾佛的方法来的,进得门来,燃香三炷,不明白的人以为他熏蚊子,明白的人知道他在求邱一声保佑他们一家,他单腿跪地,嘴里念念有词:老爹啊,今年日子比不了去年,今年天灾,我家后背的山上一颗大石头滚下来,砸坏半间房子,死了两头猪一头牛,十年的家当就少了一半,地里的玉米挨水泡,虽然有救济,但是我家人多……

阿亮眼泪就下来了。他接着说:

唉,十年的家当少了一半,可我年纪不是十年前了啊。十年前我一次可以扛两包水泥,走一里地都不用休息,现在一包水泥在肩上,走几步就喘气。岁月不饶人,感觉是小孩没长大,我就老了。我现在最盼的,有哪个人来帮一帮,先把半间房子修好,牛是买不起了,买一头母猪,生一堆猪崽,拿去街上买,换米换肉换油盐。先熬一两年再说。难的是我现在跟谁借钱，我跟谁都开不了口，你说我该怎么办？

邱一声看着他，一副茫然的表情。阿亮万事不求人，叫他开口跟别人借钱，拿他去杀还容易些。

阿亮说：跟你说了这么多，你都记住了，等我发达了，我不会忘记你。

阿亮这么说之后，心里舒服了很多，在盆里倒上温水，拿毛巾给邱一声擦脸、擦身子。邱一声说：舒服。

在照顾邱一声时流眼泪的还有张权的老婆阿锦。阿锦照顾邱一声的时候，每次都哭成一个泪人。从生火做饭开始，就抹眼泪，什么话都不说——她是野马镇唯一一个在照顾邱一声时不说话的人。她默默地干活、流泪，之后走人，在邱一声家她是个伤心的女人，出门之后在别人面前又谈笑风生，好像什么事都没有发生一样。至于她为什么哭，我问张权，大嫂为什么哭？张权说，我怎么知道，在家她不是这样，唉，她爱哭就哭呗。本来我想刨根问底，但是看到张权一副无所谓的样子，我就没有往下问。

唉，野马镇的妇女，不论哪一个都有一肚子苦水，找个没人的地方哭一哭，也不算什么丢人的事情。

这些事情都装在我的脑海里。我推门进屋，邱一声端坐屋子正中央，真的像佛。他一身布衣干净整洁，看着我，面露疑惑的表情。

老爹,我来跟你聊天。我说。

你是老李的仔?

他竟认出我。对。我说。

啪、啪。他嘴里发出两声枪响。他也知道我爸被枪毙的事。我一愣。没想到一见面他就来这么一下。估计是谁在照顾他的时候,把野马镇近年发生的事像念经一样都跟他说了。我故意跟他作对,说,不对,我爸还活得好好的,吃饭,喝酒,跟你一样。

啪啪。他嘴巴又发出这样的声音。不一样,不一样。他急了。你说假话。他说。这个老头如此清醒,着实把我吓了一跳。我想起董志国跟我说的话,他是野马镇的活化石,我爸被枪毙是他失忆以后的事情,连我爸的事他都知道,野马镇还有什么他不知道的?

我觉得我接下来要干的事真的是太多了。

接下来他朝我举四个手指。举的是右手,很快又用左手把一个手指撸下,剩下三个手指,久久举在我面前。

这下我糊涂了。我说,老爹,你这是什么意思?一天吃三餐?我知道,你看冰箱里我都给你准备了什么。我把冰箱门打开,里面满满的全是鸡鸭鱼肉。

不。不。他摇头。三个手指举得更高。我怕他举得太久累坏了,走过去把他的手轻轻放下。他的眼泪就流了下来。他一把抓住我的手。

你终于来看我了。他像小孩那样哭出声来,他从来没有这样过。我想起蓝伏龙照顾他时说他因为不喜欢吃肉而哭泣，这下我相信邱一声不是因为吃什么而哭了。野马镇以前太穷，一有什么事情发生，首先就想到吃的。

他哭是因为我来看他。他开始的时候举四根手指，我来了之后他掰下一根，还剩三根，意思是还有三个人没来看他。这使我想起一位官员回乡，乡下的小官僚轮着请他吃饭，最后他说，请我吃饭的我都不记得了，没请我的我都还记得。邱一声是因为这个原因哭，见到我他太激动了。

还有哪三个没来看你？我问。

朱七、王柳、许元。他说。

我的脑袋刮过一阵风暴。

这三个人已经死去很久了。难道在他眼里，我也是一个死了好久的人？我后退两步，吃惊地看他。

他是一个奇怪的老人，接下来的这些天，我该怎么办？

平时，我不知道怎么样跟人相处，从小我娇生惯养，做事说话完全由着性子来。一段时间里，我们家欠很多条人命，我内心并没有什么不安，照样扛着一张脸在镇上晃来晃去，没觉得有什么不妥。我想，既然我爸已经为此偿命，我家为此付了很多的钱，我扛着一张脸在野马镇晃来晃去又怎么啦。还好，现在野马镇没有一个人把我当仇人。

邱一声见到我像见到久别重逢的亲人，他甚至要站起来，要命的是,他双手撑着椅子两边的扶手,像体操运动员那样,但是他的腿不听使唤,始终没有站得起来。我怕他摔到地上,赶紧过去按住他。他直勾勾地看着我,有点像要吃人。他的眼光我可受不了。没有人告诉我他会烦躁,他们说他很乖。我有点后悔,后悔一时冲动来照顾他。但是打退堂鼓已经来不及,他紧紧地把我抓住,想跑也跑不了。我担心他的那一口好牙,很容易就咬破我的喉咙。

为什么到现在才来,我都要死了。他说。

原来他是嫌我来晚了。原来他一直都在念着我。估计整个野马镇的人,都装在他脑子里。

我都要死了。他说。

老爹,你死不了,说自己要死的,都不会死。有我们在,你会越来越长寿。老爹,你不是嫌我不来看你吗?我要在这里,照顾你十天。

他一直抓着我,我的话,像是在被他威胁的情况下说出来的。

他们对我不好。他说。

谁?

他们。

他们是谁?

他们。

我不再追问。我想,他说的他们,就是我们。

我有一点不满,大家好吃好喝照顾你,到头来还说别人对自己不好,哪有这样当老人的。不过我又想,不要把他的话当真。老人有老人的想法,他说不好,自然有他的理由,就阿明三兄弟那样对他,就董志国老婆那样对他,能说是好吗?好在还有阿亮和阿锦那样把他当神的人。一样米养百样人,你不可能要求人人都对你好。

老爹,你放心,我跟他们不一样。

他这才把我松开。慈祥地对我笑。我穿得太厚,这时候感觉有点热,把外套脱掉。

奇怪的事情发生了。

他直勾勾地看着我,嘴巴慢慢张开,变成一个圆圈。

这些年,你都去哪里了啊?阿牛。他说。

什么?

阿牛。他又喊了一声。

阿牛?阿牛是他的儿子。

他把我当成他的儿子阿牛了。他真是糊涂了,刚刚还把我当成老李的仔,现在又把我当成阿牛,当成他死去的儿子。我马上起了一身鸡皮疙瘩,身上冷飕飕的。我想起阿牛,他的傻儿子,三十几岁的人,十几岁人的心智,手里永远抓着一团玉米干饭。他跌河死。他死后,邱一声开始变得痴呆,他们说,儿子的魂,附上了他的身。没想到,他却活儿子没活完的岁月。

我突然就想起我爸,他被枪毙以后,没有一次出现在我的梦里，我弟虽然像他一样去开矿，心里也未必想他。爸爸死后，弟弟跟我说，爸吃亏就吃亏在没有见识，以为认识个把当官的，天下就是他的了，看，当官的照样挨枪毙。我不关心这些，我爸的性格我知道，死了那么多人，就是他不死，活下来他也不好受，还不如一了百了。我是武侠书看多了，喜欢干脆利落，喜欢快刀斩乱麻，喜欢一报还一报。我爸被枪毙，我家破了财，我才可以理直气壮地在野马镇上走来走去，才觉得不欠任何人的任何债。记得行刑前我们去看我爸，他从始至终没有跟我们说一句话，紧闭双眼，看都不看我们一眼。

现在，我突然想起他，突然觉得我们对不住他。埋他那天我妈和我弟哭，我没有哭，我想早点了事，想早点把死了二十几个人的这一页翻过去。然后该开矿的开矿，该看武侠小说的看武侠小说。

我掏出手机，给我弟打电话。打通之后我支吾半天却不知道应该跟他说什么。他以为我想问妈妈的情况，就说：妈很好，云南野生菌很多，每天我都煲汤给她喝，爸死后妈变白的头发，又慢慢变黑了，如果你想她，你就来看她。

我比较放心我妈，她信了佛，佛会替我照看她。

阿牛，你回来了啊。邱一声又朝我喊。声音很苦，他眼泪水涌出来了。我给你做饭去。他从椅子下面抽出一根棍子。我这才发现他椅子下面有一根拐棍，他们告诉我他不能走路，现在一根拐棍在手，他的腿一下子年轻二十岁。

是因为阿牛。

我不想当阿牛，那个傻儿子，那个死了很久的人，把我当成他，是多么不吉利的一件事情。

我不是阿牛，我是李谦，我爸是李永强。啪啪啪，我的手变成手枪，嘴里三声枪响。我想拿我爸悲惨的下场唤醒他的记忆。让他明白，我不是他的儿子。

他的棍子就朝我的头敲过来。

你这个背时鬼，你这个背时鬼！他骂。我躲。棍子敲在我背上，很疼，哎哟，我叫了起来。他不是打我，他是打他那死了很久的儿子。

你认不得我是谁了。他气得脸都变形了。

爸爸！我不得不跪下。按年龄，我应该叫他爷爷。

就这样，我变成他的儿子阿牛。原先我想照顾他十天，现在我后悔了，我想尽快离开他的家。

我觉得很不公平，凭什么他们照顾他时想干什么就干什么，轮到我就变成另外一出了呢。

可我现在不能离开，我已经在野马镇夸下海口，要照顾他十天，如果此时打退堂鼓，那是要被人笑话的。我不能跟他较真，跟一个失忆的老人较真，是自讨苦吃。我得顺着他，如果他因为生气而出什么意外，我的责任就大了。当他儿子就当他儿子吧，只要他不生气，只要他高兴，他把我当成谁我都不计较。

爸爸。我又喊一声。他举着的棍子就放下来了，我赶紧爬起来，把椅子垫在他屁股下面。他没有坐下，说，我给你做饭去。

我不能让他劳动。爸爸，您老人家好好休息，我来做饭。我撸起袖管，就要去生火，他死死按住我，拉过他的座椅，要我坐下。

他要干什么？我顺着他，坐在椅子上。

爸对不起你啊，你不怪我吧？你说，你恨不恨我？

我不明白他为什么会这样说。

不恨，我喜欢你还来不及呢。哪有儿子讨厌爸爸的。

我用游戏来对待他的糊涂。在我眼里，他就像七月的天气，慈祥，粗暴，呆。

这些年你是怎么过的？他说。

我脑子里转不过弯，他是问他儿子阿牛过得怎么样呢，还是问李永强的儿子李谦，也就是我，过得怎么样。他的眼神饥渴，如果不回答他，他不会放过我。

阿牛二十年前就死了。野马镇所有的人都觉得，阿牛是个累赘，迟早会害死他爹。那时我还小，阿牛已经是个大人，我还记得我用石头砸过他，他抱头鼠窜的样子。我们野马镇，该怎么说呢？每一户人家都有故事。比如说我家。我爸欠有二十几条人命，够吓人的吧。比如说前面提到的拿邱一声当娱乐明星的阿明、阿卫、阿三三兄弟；拿邱一声当出气筒的董志国的老婆阿珍；还有拿邱一声当神来供奉的阿亮；等等，哪一家都有长得写不完的故事。邱一声的儿子阿牛自然不例外。一想到这些人我的头脑就发胀。这么多年来，由于喜欢看章回小说，对除了书本之外的事情一概不理，我一直游离于野马镇的故事之外。我爸欠很多条人命在身，才使我有一点点转变。而阿牛，已经变成更加遥远的故事了。

阿牛跌河死。死之前在野马镇是众人的开心果。他们喜欢从他嘴里淘出与他年龄不相符的话。二十年前我十五岁，刚刚开始喜欢看小说，喜欢薛刚反唐，喜欢薛仁贵征西。野马镇的人喜欢拿阿牛的弱智开心。对野马镇的人围观阿牛，取笑阿牛的事我一点不关心，我甚至连阿牛长什么样都忘了。有一天他们说他死了，当时我想，死就死呗。我不认为这是件多大的事。阿牛死了，野马镇任何一个人死了，我都当成是小说里又死了一个人。就是我爸被枪毙，我恍恍惚惚也有这样的感觉，要不是我妈站在我旁边，我还以为死的是别人的爸爸。

现在，我被阿牛的爸爸问你过得怎么样。他肯定是关心他的儿子，而不关心李永强的儿子过得怎么样。

我说爸爸，我过得很好。我突然想起阿牛活在野马镇的时候人们喜欢围观他。我说，爸爸，我真的过得很好。

我搜肠刮肚地想过得很好应该是什么样子，整个野马镇，过得最好的应该是我了吧，衣食无忧，整日无所事事，想干嘛就干嘛。

我说，只要你看看我，你就知道我过得好不好。这个时候，用红光满面来形容我都不大恰当。我妈到云南后，每隔一段时间，就给我寄来冬虫夏草，叫我放在骨头汤里煲。

他的手摸着我的脸，像摸一块上好的玉。

阿牛，你不恨爸爸吧。

我心想，他什么意思？不恨！我脱口而出。

是我把你踢下河啊。他哭了起来。像哭死去的儿子那样哭了起来。

我一屁股就坐到地上，好似阿牛灵魂附体，心缩了一下。他的手赶紧来找我的脸，我感到害怕，我感到他那只手长着龟的甲。这个房子一下子变得恐怖起来。

你、你说什么？我声音发抖。

是我把你踢下河啊。他的眼泪滴在我头上，我头皮发麻。

我知道我碰到了野马镇上的又一件大事。

把自己的儿子阿牛推下河？我要不要相信他？这可是件大事。

我说爸爸，你是怎么把我踢下河的。我很坏，想从一个失忆的老人那里知道他是怎么害死自己的儿子的。虽然他说出来未必就是真的。

不记得了。不记得了。他说。

我努力回忆当时阿牛出事的前前后后。二十多年前，我还是个少年，阿牛这个傻瓜整日里被人拿来当开心果，只要街上少了他，野马镇的日子就少了一半生机。很多人的日子很苦，但有了阿牛，大家都觉得日子还不至于那么惨。夏天的时候，我妈说阿牛跌河死了。我们家里的人没有一个人感到奇怪，好像那是一个傻瓜应有的结局。后来我爸被枪毙，我也是这种感觉，好像那是一个经常拿钱买命的矿老板应有的结局一样。

阿牛死去跟野马镇任何一个人死去一样，所有的人吃了一餐饭，他死的速度太快了，所以埋他的速度也很快。仅仅一天，丧事就结束了。

少了阿牛，街上冷清了许多。我知道的就是这些。

没想到他的死还有玄机。我要不要相信邱一声？他风烛残年，脑子一下子在人界，一下子在鬼界。我刚进来的时候他还认出我是李永强的儿子李谦，我脱了一件衣服，他就把我当成他的儿子阿牛。我要不要相信他？

是真的吗？你真的把我踢下河吗？我抬头问他。

快叫张权。他说。张权是他的亲戚，他是想让张权来证明是他把阿牛踢下河的。

我打电话给屠夫董志国，叫他帮我到猪肉行边的修车铺去喊张权来邱一声家。董志国说就你事多，知道不容易了吧，照顾一个人，不是照顾一头猪，还想照顾十天，估计一天你就累得发狂。董志国没有挂断，在电话里我听到他喊张权：张权，出大事了，你快点去邱一声家。董志国懒得跟张权废话，只有这样说张权才会飞快地来到我身边。

一群人飞快地来到我身边。有张权、蓝伏龙、董志国的老婆;还有阿明阿卫阿三三兄弟,还有阿亮和阿锦。

冲到最前面的是阿亮和阿锦,刚进门,他们两个人就哭,老爹啊……他们看到邱一声在摸我的脸——他们没想到他居然能站起来,他们的口气就变了,“老爹啊……”就变成了“老爹！老爹!”他们把邱一声当神,他们不容许他们的神出现什么意外。

接下来是蓝伏龙,刚进门他也喊,这个时候还没煮饭,你想饿死他呀？看见邱一声摸我的脸,他后退了一步,他从来没有看到这样的情景,他以前看到的,不是睡在床上的邱一声,就是坐在椅子上的邱一声。蓝伏龙说,吔,返老还童了。

阿明阿卫阿三显然是来看热闹的,看见邱一声没事,脸上有一些失望。他们把不满撒在董志国身上,阿明说,这个董志国,提供假情报,以后他的话不能信。说完他和他的两个弟弟就走了。因为他们知道邱一声不喜欢他们。他们再待在这里一分钟,不知道已经站起来了的邱一声会有什么疯狂的举动。

董志国的老婆跟在后面,她一脸茫然,这是野马镇的公共表情。这样的表情进可攻退可守:如果邱一声有事,你可以认为那是悲从心中来;如果邱一声没事,你也可以说那是成竹在胸一切尽在掌握,是一种比较稳重的表情。其实这是被生活逼出来的。这种表情我比较熟悉,当年我爸被枪毙,很多人都是这样的表情,你都搞不懂他们是高兴还是悲伤。董志国老婆在照顾邱一声时不停地把他当董志国来骂，也是被逼无奈，如果不那样她就会疯掉。

张权背着手最后一个到来，慢吞吞的。他是照顾邱一声的元老级人物，在镇上地位很高，镇上的红事白事都是由他来指挥，你可以得罪镇长，你不能得罪他。

邱一声看见张权，指着我说，阿牛，阿牛。

听到邱一声说阿牛。所有的人都吃了一惊。

蓝伏龙说，怪不得站了起来，是想阿牛了。

阿亮和阿锦看着我，一个说，他是把李谦当阿牛了。一个说，李谦，他把你看成阿牛，你干脆把他看成你爸，两家人变成一家人算了。

蓝伏龙说，李谦，别人照顾他一天，你照顾他十天，他把你当亲儿子了。

只有张权知道这是为什么。他走过去，把我刚来到邱一声家时脱的外套扔给我，说，穿上。我不知道他为什么要我穿上，他怎么说我怎么做，我穿上外套。

张权指着我问邱一声，老爹，他是谁？

邱一声跌在椅子上，说，老李的仔，叭叭叭。他把手当枪指着我喊了三声。

原来，他只认我外套里面的黑色毛衣。他把穿着黑色毛衣的我当成他的儿子阿牛了。我脑子里马上晃过阿牛的身影，他活着的时候，都是穿着黑色的衣服。你很少看见他穿其他颜色的衣服。邱一声只认衣服不认人。为了证明这一点,我很快又脱掉外套。邱一声马上又从椅子上站起来,喊道,阿牛啊,又举着手来摸我的脸。没等他的手伸过来,我又飞快地把外套穿上,他又颓然坐下去。

这真的是太有意思了。接下来怎么办?是脱掉外套继续当他的儿子阿牛,还是继续当来照顾他的老李的儿子李谦。

张权说,我忘记告诉你,不要穿黑衣服来照顾他,他会把你当成阿牛。这些年,你看见我穿过黑衣服没有。张权修自行车,成天一条蓝色的围裙挂在身上,穿什么衣服谁看得见。就是照顾邱一声,他也是一副修自行车的打扮。

估计张权也曾遇到像我今天遇到的事情。在野马镇,照顾邱一声的人多了去了,身边就有阿亮和阿锦、蓝伏龙和董志国的老婆。他们都没遇到过我跟张权这样的事。

张权说,他天然觉得我们亲。不是每一个人他都当成阿牛。不信你让阿亮和蓝伏龙穿上衣服试试。

我把衣服递给阿亮,阿亮穿上后往邱一声眼前一站,他用怀疑的表情看着阿亮,没有上当。

阿亮脱掉毛衣,递给蓝伏龙,蓝伏龙穿上后邱一声一点反应都没有。我马上醒悟过来,张权说的他天然跟我们亲也不对,谁天然亲,谁天然不亲,又不是章回小说里面来路不明的武功。再说了,这样说对身边的阿亮和蓝伏龙有点不公平,他们辛辛苦苦照顾邱一声,也换不来他把他们当儿子看的那份情。邱一声之所以那样把当年的张权以及现在的我当阿牛,是因为当年张权开始照顾他和我现在开始照顾他的时候,我们的年纪跟他死去的儿子,也就是阿牛的年纪是一样的。他的儿子阿牛,在像我这般年轻的时候死去。年龄就像另外一件黑色的衣服,电了邱一声一下。他就把我当成阿牛了。

这个发现让我感到一丝庆幸。联想到他刚才说的他把阿牛推下河的事情,联想到我爸手上有很多条人命,最后被枪毙的事情,我觉得自己活得挺好。

你叫我来就是因为这件事?张权说。

这下我才意识到我差点忘了张权是我打电话叫来证实阿牛是不是邱一声推下河的。

不是因为这个。我说。我想跟他耳语,说邱一声刚才跟我说的他把阿牛推下河的事,但转念一想,还是由邱一声跟他说吧。那件黑色的衣服还套在蓝伏龙身上,我把衣服从蓝伏龙身上扒下来,套在身上。

看到穿上黑衣服的我,被打断的剧情又重新续上。邱一声站起来了,他的手紧紧贴在我脸上,冰凉冰凉。

张,你说,是不是我把他推下河的?

张权脸色大变。但他很快又变了回来。

胡说,你胡说什么!胡话,他在说胡话呢!都怪你,没事穿什么黑衣服,惹得他激动,他如果有什么意外,你就出名了。张权说话的重点一下子在邱一声身上,一下子在我身上。他说得不错，如果他因激动而出现什么意外，不说别人，我身边的阿亮和阿锦肯定不会放过我。他们把他当神。刚这么想，阿亮马上过来剥我的黑外套。

以后你不要再穿黑衣服了。阿亮说，如果你觉得亏，我给你钱。在野马镇，除了我爸我妈对我说我给你钱外，还没有第三个，现在，阿亮是第三个。

阿锦说，李谦，如果你怕麻烦，我来替你照顾老爹。你回家看你的小说，好不好？

但是晚了，阿亮虽然剥掉了我身上的衣服，邱一声没有再像刚才那样坐回椅子上，他的手紧紧贴住我的脸。

阿牛。他是铁了心把我当阿牛了。那件黑色的衣服这个时候失去功效。我就是没穿这件黑色的衣服，他也把我当阿牛了。他脑子里的那根弹簧弹过来后就没再弹回去，像根绳索一样把我绑成他的儿子。

蓝伏龙说，他没有儿子，你没有爸爸，这就是缘啊。

这下我紧张起来，接下来我该怎么办，我觉得这个屋子阴森森的，眼前的邱一声有点像索命的鬼魂。我战战兢兢地说，老、老爹，我不是阿牛，我是李谦，我爸是李永强——啪啪啪！我把三颗子弹的声音喊得很绝望。

是我把你推下河哟。邱一声哭了起来。

瞎说什么你！张权冲邱一声说。

屋里面只剩下我、张权、邱一声三个人。我脑子里嗡嗡响，都不知道张权是怎么把阿亮和阿锦支走的。

邱一声已经认定我是他的儿子阿牛，他的手一直摸我的脸，我非常害怕，感觉他手上有龟的甲。我一只手紧紧抓住张权。张权安慰我不要害怕，他在我耳边轻轻说，你都变成他儿子了，他还能把你怎么样。

我没有害怕他成为我爸爸，我害怕他说的“是我把你推下河哟”，阿牛当年死于洪水，没人知道他是怎么掉下河去的，如今他爸爸说是他把他推下去的，这让人头皮发麻，我是怕他突然从凳子下面抽出一把尖刀，捅在我这个“儿子”的胸口上。我是怕这个。我说张权，你也听到了，阿牛是他推下河的。是真的吗？

邱一声听懂我的话，他望着张权，似乎在等张权的确认。

我还是第一次看见张权发飙，他突然之间变了一个人似的，把邱一声的手从我的脸上拍掉，吼道：“你是活得不耐烦了，老不死变成妖，你还想怎么样?！这样闹以后谁还敢来照顾你。快点坐下！”

邱一声被张权按在凳子上面。

我 70 了，活得太久了……邱一声说。他还是把自己当成 70 岁的人。

张权说，你不想活，很简单，李谦，我们走！张权把我拉出邱一声家。我没想到张权会这样干，大概他从来没见过邱一声这样反常，想吓唬吓唬他。他一直拉着我，都快把我拉到我家门口了。我突然觉得有点蹊跷，觉得张权大概是怕邱一声跟我这个他刚刚认下的儿子说些什么不该说的话。我不再往前走。这时候从邱一声家传来绝望、哀求的喊声：阿牛，阿牛啊，你不要走啊。

我得回去。

张权，把他一个人扔在那里，出什么意外我担当不起。我说。还有另一层意思我没说出来：如果邱一声不拿一把尖刀对准我，我还真的希望他跟我说些我不知道的事情，不管是真是假。

好吧，你去吧。他不会害你，他很爱很爱他的儿子阿牛，阿牛也很爱很爱他爸爸。你要相信我。张权说，他用手抹眼睛。他流泪了。张权说，阿牛死后，他总是跟人说是他害死阿牛，说多了就跟真的一样。

我快步来到邱一声家中。张权跟在我后面。邱一声像亲人一样迎接我们。他拄着拐棍站在门口。在自己家，他第一次走这么远。阿牛，你又回来了。他说。

第一次进他家门的时候，我是死刑犯李永强的儿子李谦，第二次进他家门的时候，我是他的儿子阿牛。

没办法，从今天起，我是邱一声的儿子。

我想，我作为邱一声的儿子阿牛，显得太过聪明。我在脑子里回忆阿牛在野马镇的点点滴滴，开始的时候我感觉自己有点掉价，像章回小说里的五品官被降成七品官那样不舒服。后来想，我面对的不是所有野马镇的人，在一个黑屋子里当儿子，就是当孙子那又怎么样。反正别人不知道。

我对张权说，你不要跟镇上的人讲。

张权说，讲什么？

讲我被当成阿牛，一个活着的人被当成死去的人，总归有些不吉利，我还想长命百岁呢。

张权说，你肯定能长命百岁。

邱一声的手又一次擦着我的脸，我很讨厌他这样，我受不了他的款款深情，他的手上依然有龟的甲，为了躲这龟的甲，我说，阿牛先给您做饭。我把自己叫作阿牛。这一招很管用，他的手从我脸上滑落，但是马上又指着我离开他家时落下的那件黑衣服，说，冷，穿上。几乎是命令的语气。他是怕我冷才叫我穿上。可我有另外的一种感觉，那就是穿上这件黑色的衣服之后，我才更像他的儿子阿牛，跟一个演员穿上戏服，才可以上台表演一样的道理。我飞快地穿上衣服。

阿牛，他说。

哎，我应了一声。邱一声这才拄着拐棍摇向自己的座椅，安然坐下。

我拉开冰箱的门，里面满满的鸡鸭鱼肉，我说，您想吃什么？阿牛给您做。

他说，玉米饭。

玉米饭？我说玉米饭怎么做？我们家从来没吃过玉米饭，所以我不知道怎么做。

张权说，我来教你做，你赶紧烧火。张权在一堆旧东西里扒拉出一口铁锅，拿到天井的水龙头下面刷。等我把火生好，铁锅也稳稳当当地架在火灶上面。

火很旺，铁锅里的水很快就开了。张权两手捧着玉米粉往里洒，我拿着竹子做成的搅粥棒不停地搅，玉米粉越放越多，锅里的粥由稀变稠，最后稠得根本搅不动。张权从我手里拿过搅粥棒，上下翻动，一股香甜的味道扑鼻而来。张权盖上锅盖，从火灶里取出两根燃烧的柴火，火变小了，锅里漫出的水汽越来越香。这就是玉米饭。

张权说，当年，玉米饭可是很久才吃得起的东西，一年到头，也就几餐。他如果不把你当阿牛，他是不会喊煮玉米饭的。

原来如此，他真的把我当阿牛了，他把今天当成重要的日子来对待。对我来说，玉米饭是一种新鲜的食物，但对已经死去的阿牛，那可是天下难得的美味。

做好饭，我给邱一声舀了一碗，给张权舀了一碗，我自己也舀了一碗。回到饭桌前，看见邱一声用两手抓碗里的玉米饭，捏成一个饭团，正觉得奇怪，邱一声把饭团递给我。吃啊。他说。

我没有接。吃啊，阿牛。他又重复了一遍。

我接过来，啃了一小口，又放回他碗里。嘴里说，好吃好吃，心里本能地抗拒他那只手递过来的饭团，因为上面有龟的甲。

邱一声不干，又捡起来递给我。张权说，吃吧，你不吃，他是不会吃的。又小声地说，当年阿牛就是这样啃，还在街上到处炫耀。他是完完全全把我当成阿牛了，可我依然把他当成邱一声。

我硬着头皮把那团玉米饭啃完。邱一声脸上才露出满意的笑容。我把那碗饭推到他面前，他又拿起来捏成一团，再一次递给我。我拍拍我的肚子，说，我吃饱了，你吃吧，他这才掰一小块放进嘴里，又掰一小块放进嘴里，像一只老狒狒，在小狒狒吃饱之后才放心地进食。我短暂地想起我的爸爸，在我的印象里，虽然他几乎没怎么管他的儿子，但是他拼命地挣钱，让他的儿子衣食无忧。他也是只老狒狒。我弟现在像他。这是他们的命。我突然担心我弟，想劝他不要太疯狂，我退到一边给我弟打电话。我弟正在训他的手下，他一边训他的手下，一边跟我通电话。

你们想要我的命是不是！这是跟手下说的。

你怎么样，怎么想到要打电话给我？这是跟我说的。

三天之内，一定要把人招齐，没有人，我们所有的事都是白忙！这是对他们说的。大概他的新矿井招不到人，在跟他们发火。

忙完这段，我带妈去欧洲旅游，你也一起去。他跟我说。

拿钱砸！每个人先发一万，存在卡里，密码由他们设，卡和身份证你们管好，干满两个月，身份证和卡发给他们。

我弟也不容易，现在挖矿，比我爸那个时候挖矿难多了。

我不管这些，我说，弟，我现在在邱一声家。

都听到没有？如果这样的条件还招不到人，你们就是猪！你在邱一声家做什么？他说。

照顾他十天。以前都是给钱，现在来照顾照顾他。我说。

我们从野马镇来到这里，每个人都脱了一层皮，这一关过去，都有饭吃！这一关过不去，统统完蛋！他说。

你怎么想到这一出，干脆过来帮我照顾妈，有时候她说起你和爸爸，会流眼泪。他说。

也是闲着无事，我就是想待在这里，告诉你一件好玩的事。邱一声把我当成他儿子阿牛。死了二十年的阿牛。我说。

陈耀、老马、老枪、继民，每个人找二十人，不管什么人，亲戚朋友，就是乞丐，也要三天内给我拉过来，其他人每人负责十人，我一百万人头费都准备好了，现在去找大头领钱。他说。

他这是老糊涂了，他这是想儿子了，你这是在跟他玩过家家。他说。大概他的手下都找大头拿钱去了，他有充足的时间跟我讲话，这个时候他反而不想跟我讲了。你打电话的目的就是为了告诉我邱一声把你当儿子了？

我说是，这大概是野马镇第一回有这样的事吧，让我赶上了。

你悠着点，不要出什么事。我弟最后说。

你也小心点，不要出什么事。我说。我再出什么事都是小事，我弟出什么事，都会是大事。

知道了，我不会像爸那样的。他说。

跟我弟通了一个电话之后,我的心情平静了很多,跟他说邱一声把我当成他儿子阿牛之后,照顾邱一声就成了一件已经跟人许诺后必须要做好的事情。这种感觉非常奇怪。好像是为了我弟弟,我必须做好这件事情一样。其实我弟跟这事一点关系都没有。他在云南,还非常疯狂。

我回到饭桌边,拿一条毛巾给邱一声擦嘴。

他说,烧水。

我一怔,烧水?

张权说,他想洗澡,他给你捏饭团,你帮他洗澡,以前他们两父子经常这样干。我想起小时候在河边看见邱一声和阿牛互相搓背的情景,邱一声真的又回到了从前。

天那么冷,行吗? 我说。

他怎么说你就怎么做,不然他会闹。张权回答。

我往灶台上架上烧水的锅。水烧热后,把家中所有的门都关严了,还在天井旁边燃了一堆炭火,这样,给邱一声洗澡时,他不会觉得冷。

先洗头,厚厚的衣服仍然穿在身上,邱一声坐在小凳子上低着头,我试了试水温,刚合适。往他头上淋水,在手上抹香皂,轻轻搓他的头。他的头轻轻晃动,服服帖帖。洗好头,擦干,赶紧给他套上帽子。

我一件件帮他脱衣裤。满身皱纹,被水蒸气包裹,我的手在上面搓,像搓湿了的干草,家里热气腾腾,我一面搓,他一面说好。我这是第一次给人洗澡,以前看见有人给婴儿洗澡,我很担心,万一被水噎着了怎么办。

给邱一声穿上干净的衣服,午后的太阳光穿过天井,打在他身上。这冬天的暖阳,如果放到章回小说里,预示着重要人物将要出场。阳光下的邱一声满面红光,像身怀绝技的帮主。

张权说,他今天很舒服嘛。

我很得意,感觉在照顾邱一声方面,自己比野马镇的人做的都要多。

算是安顿下来,张权放心地离开。临走时他说,你们父子两人久别重逢,好好聚一聚,我干活去了。又单独对我说,记住,你现在是阿牛。

阿牛就阿牛吧。

阿牛。邱一声喊。

我应了一声。

你不会走吧。他说。

不走,这里是我家。我是阿牛。

我 70 了,阿牛。他说。

邱一声还停留在阿牛死去的岁月。我在脑中飞快地搜索有关阿牛的点点滴滴:他拿着饭团在大街上走,他在河边帮他爸爸搓背,有点痴呆,谁拿他开心他都不生气。我试图跟阿牛对上暗号,发现自己对阿牛知之甚少。

灯，点灯。邱一声说。

点灯。灯不是亮着吗。荧光灯发着惨白的光，照着两个孤单的人。是的，孤单，在邱一声家，我突然感到前所未有的孤单。不只是孤单，我还感到害怕，因为不管怎么样，我现在是以一个死人的身份活着。

冷风从天井上刮下来，远处有狗在叫，风声和狗叫声以前我是不理会的，但是这个夜晚，我觉得这些声音非常的刺耳。

灯，点灯。邱一声又说。

你看不见我吗？灯那么亮。老爹。

你说什么？

哦，爸爸。灯不是亮着吗。我说。我虽然叫他爸爸，但是我感觉我跟他隔着万水千山。

他拿起身边的拐棍，朝神台指。野马镇的每一户人家都有一个神台，逢年过节烧香给祖宗。哦，原来他叫我点煤油灯。

我走到神台拿过煤油灯，划上火柴点上。

关，关。他指着荧光灯。

啪嗒。我关掉荧光灯，邱一声家的夜晚被煤油灯微弱的光撑开，顿时，一所古怪的房子，住着两个古怪的人。

我知道他为什么这样做了，煤油灯肯定是他找回以前的又一个重要道具，煤油灯时代已经过去很久了，大概邱一声认为这样的光亮才适合与儿子阿牛重逢吧。

果然，他说，阿牛，我又看见你了。来，你来。

我走过去。

烤火，烤火。

我把火盆拉到他身边，一个竹笼罩住火盆，一张破布罩在竹笼上，罩着我们的半身，所有的热气都跑不掉了，我们的身体热气腾腾。他在破布下拉我的手。我的手本能地躲他的手，没有躲开，被他死死握住。这个时候，我突然想起我爸爸。小时候，我最享受的就是冬天的时候跟我爸爸在火盆边烤火了。后来很突然地，我老是见不到我爸爸，我曾经跟我的妈妈抱怨说爸爸是不是不爱我们。那时候我刚喜欢看书，只有喜欢看书的人才会那样问。野马镇其他的孩子，想爸爸时就会哭。

你怎么说走就走呢？也不等等我。他说。这是对他儿子阿牛说的。

我该怎么回答呢，我和他隔着万水千山。我不知道阿牛如果真的出现在他面前该怎么跟他说话。

我说，我没有去哪里啊，爸爸，我现在不是跟你烤火吗。

我 70 了，我怕我照顾不了你啊。他说，眼睛突然闪亮起来。我用手抹他的眼睛。我的手湿漉漉的。原来他哭是怕自己年岁太高照顾不了他的儿子阿牛。我的眼眶一下子就发热了。我想起我爸被枪毙前我们去看他的情景，他双眼紧闭，一句话都没有跟我们说。当时我妈一个劲地跟他说，再看一看你的两个仔，他毫不理会。当时我想，我爸真是铁石心肠啊。临死前都不看一眼他的儿子。其实天下的父亲都是一样的，我突然就理解了我爸爸，他未必不爱我们，他紧闭的双眼下面肯定有浓重的不舍。他是怕我们看见啊。这么一想，我的眼泪也流下来了。

我 70 了，我是怕我照顾不了你啊。他又说了一遍。他的话把我拉回来。我想，多年以前他和阿牛肯定有这么一个夜晚这么一场对话，这个夜晚我要做的是努力当好他的儿子阿牛。

爸爸，现在是我来照顾你啊。我说。

照顾我，照顾我……邱一声哭了起来。是我把你推下河，是我把你推下河。他边哭边念叨。我一下子就慌了。

爸爸，你不要哭，你不要哭。他哭得多么伤心啊。

我想还原多年前父子俩之间到底都说了些什么，看来是不可能了。现在是父子重逢啊。我心里想如果我真的是阿牛现在我该怎么办呢。

我突然有一个念头，他既然把我当成他的儿子阿牛，那我干脆就把他当成我的爸爸李永强，我在倾听的同时，大声地跟我爸爸说话。今夜不是一对父子重逢，是两对父子相聚。要不然我真的不知道怎么办才好。

他说，阿牛，这场雨真大呀，河水满了没有。你怎么去这么久才回来。

我说，爸呀，弟弟在云南，他过得很好，妈去那边跟他，天天吃野生菌，头发变黑了。

他说，阿牛，你不相信我能照顾你，我是能照顾你的。现在不行了，我 70 了。

我说，爸爸，你也不要担心我，我还有好多好多钱，只要有钱，什么都不怕。

他说，他们，他们，对我不好，我天天都在想你啊。

我说，爸爸，野马镇以前很多人恨你，现在他们不恨你了。你就放心吧。

他说，也有好的，张权，阿锦，阿亮，是我的好朋友，你可以相信他们。

我说，爸爸，我现在又多了一个爸爸，他是邱老爹，我来照顾他，他把我当成他的儿子阿牛了。

他说，阿牛，野马镇天冷了，你在水里冷不冷啊。

我说，爸爸，我现在就在他家里，跟他一起烤火呢。

他说，阿牛，你的衣服在楼上的箱子里，放了臭珠(一种防虫用的樟脑丸，野马镇的人称之为臭珠)，虫不会咬的。

我说，爸爸，今天我给他洗澡了，还煮了玉米饭，玉米饭很香，下次上坟，我拿去供你。

他说，阿牛，以后有什么事，你要靠自己了。说完这句话，邱一声又拿手来摸我的脸。

我说，爸爸，他现在拿手摸我的脸呢。

他说，有太阳也要靠自己。

我说，爸爸，邱老爹说有太阳也要靠自己。

他说，下雨也要靠自己。

爸爸，邱老爹说下雨也要靠自己。

他说，什么都要靠自己。

我说，爸爸，邱老爹说什么都要靠自己。

他说，死也要靠自己。

我说，爸爸，邱老爹说死也要靠自己。爸爸，你死前为什么不看我一眼啊，为什么。我突然就哭出声来，不知不觉就往邱一声身上靠……

这一晚，我跟邱一声睡在一张床上，我辗转反侧，他很安静地睡着了。

第二天一早醒来。我一看身边没人，赶紧下床去找邱一声，借着透过屋子的晨光，我看见一个人影吊在横梁上，啊！我大吃一惊。是邱一声。我以为自己在做梦，用头狠狠撞墙，疼痛难忍。啊——我惨叫，去托他的腿。

张权！张权！出大事了。我下意识地喊。我一手托邱一声的身体，一手摸手机，打给董志国：快叫张权，出大事了！喊过之后，我感觉魂魄离我而去，所有的一切都变得恍恍惚惚。

恍恍惚惚中，很多人涌到邱一声家里，我很快被人掀翻在地，他们一上来就撕扯我。恍恍惚惚中，我看见一部分人料理邱一声的后事，他们是张权、董志国、蓝伏龙，阿明、阿卫、阿三三兄弟；一部分人撕扯我，阿锦、阿亮、阿珍以及野马镇的三姑六婆。两拨人都在哭喊。好像这个屋子死了两个人。我清醒过来，大喊道，你们不要怪我呀。同时拨开人群，冲到邱一声的身边，我冤枉啊，我冤枉啊，昨天你把我当成你的儿子阿牛，你怎么这样对待阿牛呢……

阿锦说，你本来就不该来，你本来就不该来嘛。

阿亮直接就翻译了阿锦话里面的话，你家那么多条人命，你杀气重啊。那么多人那么多天照顾他，他都好好的，你一来，他就上吊了，这么高的地方，他怎么吊得上去。

他怎么吊得上去，地上横着一架楼梯，他是踩着楼梯上去的。

没有照顾好邱一声，我成了野马镇的罪人，阿亮扯着我的衣领，往邱一声家的门外拉。没有一个人拦他。

回到家里，我看着横梁上我画上去的九十五道杠杠，它们的颜色深浅几乎一样，我哭了起来，感觉我们家又多了一条人命。

我打电话给我弟，我弟说，你赶紧来云南吧，野马镇你是待不下了。

我收拾好行李，好几个大包包，我们家以前的司机方老虎很快开车来到我家门前，他帮我把那些大包包装上车。后来我想，这些包包我也不要了，因为它们带着野马镇浓浓的气息。带上它们会非常不吉利。我叫方老虎一个一个把它们卸下来，除了带上我爸给我的银行卡，我什么都不带。我想我再也不回来了。

正要走。张权来了，身上披着重孝。看到我要走，他说，你怎么就走了？他一直在忙邱一声的后事，没有时间理睬我的委屈。听方老虎说，他们后天安葬邱一声。大概准备得差不多了，张权有空来找我了。

阿牛，不给你爸送葬就走了，这样做不对啊。

他这么一说我生气了。我是李谦，不是阿牛，老爹的死不能怪我。我说。

他死前，可是把你当成阿牛的哦。张权说。

这我管不了。我说。

我回忆昨天晚上的点点滴滴，突然记起邱一声说的，死也要靠自己。头皮一阵发麻。原来他早就想这么做了。

我把昨天晚上的情形说给张权听。听完后张权摇摇头，说，这两父子，真是天生的一对。他边说边从口袋里摸出一个小布袋子，从小布袋子里倒出一些硬币。叮叮当当掉在地上的硬币看起来不超过一元。最后一张纸条飘了出来，我捡起来一看，歪歪扭扭的几个字：帮我照顾我爸爸。

张权说，这是阿牛当年写的，把小布袋扔到我家院子里，就去跳河了。他怕自己成为他爸爸的累赘。这么多年来，我还是第一次告诉别人。

我脑袋嗡的一声。脑子里浮现阿牛迟缓的身影，他一个接一个把硬币塞入小布袋里，然后迟缓地来到张权家门口，用尽力气把布袋投入张权家的院子，又迟缓地走向河边……接下来是邱一声，他半夜越过我的身子，吃力地拄着拐棍走向那架梯子，对他来说，那是走向天国的最后一级台阶。他们父子俩的身影在我眼前重合。

我轻轻地念叨,他以为阿牛回来了,他也可以死了,这个老爹。

是的。张权说。

后来我没有离开野马镇。我作为邱一声的孝子阿牛,披麻戴孝,走在送葬队伍的前头。邱一声的坟墓,重重地立着一块碑:

慈父邱一声之墓　儿子阿牛立

美人风暴

——给我亲爱的朋友

会议室太闷。说的人语调铿锵,听的人昏昏欲睡。这样的会议她很少参加。刚接到电话,她就一口回绝。主办方说,他们那里有亚洲最大的柚子林,正值三月,柚子花含苞待放,近万亩的柚子树,香气可以熏醉月宫上的嫦娥。听到这些,她心动了。世上鲜花千万种,柚子花是她的最爱。在她看来,柚子树真的是天底下最性感的树种,身上的能量直接来自地心。是啊,那夺人魂魄的香,那圆润甘甜的果实,到底是如何炼成的?要修成这样的"正果",大概要经历九九八十一难。

冲着"亚洲最大"这四个字,她来到乌烟瘴气的会场。这次会议的主题是"走向世界的中国戏曲"。这些年,"走向世界"好像成了各行各业奋斗的目标,好像不到"世界上"遛一遛,就会多么失败。在她看来,把戏曲跟世界联系在一起,显得多么可笑,好像各种肤色各种腔调的外国人,不哼上一两句昆曲秦腔,戏曲界就颜面尽失。这些年,除了"走向世界"之外,还要"做大做强",打开电视,翻开报纸,这样的话语瘟疫一样蔓延。人本来就可怜,硬是要在天地之间做出一副舍我其谁的样子,多滑稽啊。一直以来,她深居简出,跟所谓的“圈内”和“圈外”的人鲜有接触,之所以这样,是因为他们都在想着怎么“走向世界”或者怎么“做大做强”,都跟打了鸡血般的兴奋,变成了另外的一种人类。起初她不解,替他们惋惜,后来释然,他们想怎么做,是他们的自由,世界五彩缤纷也好,千奇百怪也好,都需要各种各样的人来装点,如果人人都像她一样,暮气沉沉的,该是多么无趣。这些年,她活得很自在,不管台上台下,想唱了,拦都拦不住,不想唱,轿子抬都抬不走。她就是个唱戏的,面对喧嚣的世界,她早就举手投降,谁愿意走向世界谁走去,谁愿意做大做强谁做去,自己就是个小人物,借这个世界小小的一个角落,安放身心,请勿打搅。

终于轮到她发言,之前她费了很大的心思琢磨,自己的发言既不得罪主办方,又不失主见。这样的题目太空,“走向世界”的路径几乎没有,在水里生的,干吗非要焊上两条腿在陆路上走?这就是她的主见。但这不能说。不说这些,还能说些什么?

最后她还是说了。她说:“要想走向世界,得先了解世界是怎样,世界很忙,十个手指恨不得都套上小金拷,戏曲很闲,古时宫中被冷落的宫女,有大把的时间去衰老。世界是财迷,不是色鬼,与其去勾引,还不如独善其身,戏曲本来就是一种封闭的美,硬要去面对八面来风,那是自讨没趣。什么叫美,美有各种各样的解释，相同的一点、最起码的一点，那就是不脏。现在，很多很多的美已经消失，也不会影响这个地球转动，如果有一天戏曲死了，也要死得有尊严，死得不脏，一句话，要不怕死，也要死得起……”

她的发言引起会场一阵的骚动。会场上弥漫着末日将至的悲哀。他们没想到一个吃戏曲饭的“角儿”会说这样的话。掌声里有不同的内容，有些人觉得她说得好，他们接着她的话题往下延伸，怎么走向世界，变成了怎么优雅地告别；有些人觉得她过于消极，前面几位信誓旦旦怎么振兴戏曲的专家，摇头苦笑。她管不了那么多，整了整衣衫，离开了会场。

一出大门，她马上兴奋起来。三月的风，哗哗地翻检着树叶，起伏的丘陵，早已植满绿浪，在树叶的响声中，她突然感觉到，整个世界剩下的时间，大概都属于这些柚子树，世界是它们的，自己是沾光来了。这样想过之后，脑中残存的关于戏曲的那些事儿彻底删除。她此行的目的，就是要享受本属于这些树木的时间。

柚子花的香味，没有想象中的浓郁，是离得远，还是花期未到？她决定走过去，隐入眼前的柚子林。

脚下是三月的小草，这些小草，没有城里的草娇贵，根本不惧人踩踏，也难怪，这些草吸收的都是什么样的养分啊，这些野生的植被，有天雨浇灌，有地神催生，踩上去，有一种硬气托着脚底。由于有这样的“硬”托着，她可以放肆地走。

那些小精灵，都藏在树叶下，白色的花骨朵儿，像一只只收紧的小拳头，怪不得香味不够浓郁，是因为最灿烂的时间还没到来。城里的那些花儿，多是油烟、汽车尾气散发的热气催开的。野外则不同，这里的植被，严格遵循大自然规定的时间，不闹，不抢，静静等待自己的花期。她慢慢地走，呼吸柚子花最初的香味，感觉到久违的清新。不知不觉间，就走了很远。

那个男人举起相机对准她的时候她没有察觉，直到男人跌倒在地，砸出响声之后她才看见他——他挣扎着从地上爬起来，胸前挂着单反相机，表情慌乱，像做了什么坏事被人抓住一样。他拍得太投入，以至于失足摔倒。她意识到这一点时感到自己受到了侵犯。对这个男人的厌恶涌上心头。

“你在拍我？”她说。

“对，对不起。”他说。

“拿过来。”她伸手要他的相机。他一愣，极不情愿地把相机递给她。她左看右看，不知道怎么操作。

“打开相机，删掉！”她说，将相机还给他。

相机里有很多张她的照片，都是侧面的。他一张一张地删。

“好了。”他说。

她不相信，“我要看是不是都删干净了。”她要过相机，照着他的样子看相机里还有没有她的照片。她往前“倒”：柚子树、

柚子树、柚子树；花蕾、花蕾；还有姑娘。那是另外一个景致之下的姑娘，模样还挺不错。她的照片确实已经删完，如果此时她把相机交还给他，那后面的事情就不会发生，她的手在滑动相机摁键时重了一点，女人的裸照一张接一张出现在她眼前。

她赶紧把相机递给他，用讥讽的眼神看了他一眼。“男人啊……”她在心里叹了一下，转身离开。

男人捕捉到她的讥讽，在她身后说：“她是我老婆。”

她没有理睬，继续往前走。没想到他跟了上来。

“她真的是我老婆。”他边走边说。

她停下来，转身对他说：“是又怎么样？不是又怎么样？跟我有关系吗？”这个男人，没事拍老婆的裸照干吗？

他声音很低：“她是跳芭蕾的。”

跳芭蕾的，都是在舞台上过日子的苦命人。她少了一些戒备，多了一些怜惜，这姑娘，裸着身子取悦自己的爱人，日子过得蛮有趣的嘛。她笑了，人家夫妻间的事，你凭什么去嘲讽。女人的身体总是“敏感词”，凡是女人，不管她是谁，一见到同类的裸体，就首先想到自己，仿佛自己受到了伤害。五千年的遗毒啊。

“对不起。刚才是我想多了。”她对他说，抬腿要走。

“等一等。”他有点着急。

“还有什么事吗？”她问。

“我能不能给您拍几张照片？”

“不可以。”

他很失望，苦笑着点了点头，嘴里轻轻地咬着什么词，态度简直谦卑到地底下。她突然间就想起她十年前的男友，她第一次见他，就是这副模样。她比他大五岁，做爱的时候，她要他自始至终紧紧抱住她，她要他有力地冲撞不要停歇。后来两人分手，男人娶妻生子，她则一个人独居到现在。

眼前的这个男人使她走神，短暂地想起她十年前的男人。那时的恋爱，像是给予，又像是索取。没完没了。唉。

她突然想知道，他遇到了什么样的状况。

于是，和这位像极她前男友的陌生男人在柚子林里散步，听他讲他跟一个舞者的故事，成了她南方之行的意外收获。

他说：“我拍你，是因为你长得很美。”

“你一直在跟着我？”

“不是，我今天是来拍柚子花，我想拍落满一地的柚子花瓣，没想到来早了。也没想到会见到你。”他说。

“你也喜欢柚子花。”

“不，我老婆喜欢。”

“那你为什么不带她来。”

“她走了。”

“走了？走了是什么意思？”

“走了就是走了，没什么意思。”他说。

多美的一个人，还是跳芭蕾的。她和自己有相同的地方吗？相同的是都喜欢柚子花，不同的是，那个舞者喜欢凋零的花瓣，而自己则喜欢柚子花怒放时的样子。他应该是为她而来吧。这个人还是个痴情人。

“她多年轻啊，怎么说走就走了呢。”她问，她感觉她可能真的是死了。

“她的女伴被家人强行带出国，她的天就塌了。”他说。

她的女伴？她明白了个大概，男人、妻子、妻子的女伴。一个故事的轮廓初步显现。

这将是一个什么样的故事啊？

三月的风继续翻检树叶，柚子花香味渐浓，他和她穿过一片向阳的林木，这里花事正好。她静静地倾听这个男人的诉说。

他是剧院的舞美师，最擅长制造冬天的景致，他喜欢万物萧索，喜欢水瘦山寒，喜欢寒光和暗夜。对他来说，冬天苍凉而又博大，戏剧里的人物活在冬季里比活在其他季节里更加真实，更加惹人心疼。不可想象，一个诅咒冬天的人，他会在春季夏季秋季珍惜大地上的事物。看起来他满怀心事，其实简单明了，再也没有比一个喜欢冬天的人更单纯的了。

在一出关于冬天的戏剧里，他爱上了舞台上的她。他讲话的声音突然轻柔起来，他找机会跟她在一起，却发现她有女伴——她扮演的戏里的另外一个角色。在一场对手戏里，他从她们的眼神里发现这个秘密。如果他退缩、放弃,那故事将往另外一个方向演绎。

他说:

"我真的是铁了心地喜欢她,那种喜欢确实已经超越了讨她当老婆的范畴,无论如何都要跟她在一起,我不管她已经有什么样的'伴'。当时剧院里关于她和她的流言蜚语正铺天盖地,她跟她突然间就处在严苛的环境之中,我心疼她们,人很奇怪,很多时候你会觉得,心疼别人就是心疼自己。"

他去找她,把他的想法跟她说了,他要帮她解围,他要娶她为"妻",他不是她的"伴",他可以做他的"丈夫"。这是一个大胆的决定,他觉得只有这样做他才心安。觉得这才是他这辈子做的最最正确的一件事。

她没料到她的人生还有如此善良的安排,她对他说:"你这是可怜我吗?"

他说:"不是,这个世界做不了的事,我来做,多好啊,你不觉得吗?"

这个男人,成了她的支撑。从此,她叫他"哥哥",他叫她"老婆"。他跟她举行婚礼,伴娘是她的"伴",三个人站在一起,只有三个人才明白这场婚礼的真正含义。他们请了剧院的全体人员参加,他们看见:拄着拐杖的新郎容光焕发,身披婚纱的新娘傲视婚礼现场,而她的伴娘,粉面含羞,当仁不让。婚礼过后,关于她与她的“流言”戛然而止。

他和她，还有她的“伴”，过起三人的小日子(在外人眼里，她是作为她的“闺蜜”出入他们家的)。开始的时候，她们还不相信这是真的，她们曾经收获太多的讥讽和鄙视，以致当善良和巨大的祝福出现在她们面前的时候，她们先是紧紧抓住，然后怀疑。

她的“伴”跟他说：“我还是觉得不踏实，老觉得会出什么样的差错。”

他说：“你们最困难的时候想到会有谁来帮你们吗？耶稣？如来佛？观音菩萨？”

“伴”说：“想过，但不是他们，他们太忙了，世界和平就够他们操心的了，我们的事就不去麻烦他们了，有个人站出来替我们喊一嗓子就很不错了。”

他说：“你们当时相信会有这样的人出现吗？”

“伴”停了一下，说：“相信。”

他说：“这不就完了。”

为了打消她们的顾虑，把三个人的日子安排得踏实有趣。他给这个“家”定下一个世俗的目标，就是换一套大房子，他们现在住在剧院的一间两居室的房子里，他们需要更大的空间来生活。他四处接活，晚会的舞美、家居装修设计等，彻底告别一个舞美师的闲暇时光；而她和她的“伴”也开始去“抄更”，这个城市大部分“演艺吧”的舞台上，都出现她们的身影，有时是“小天鹅”，有时是“红色娘子军”。在“演艺吧”里，跳芭蕾并不讨客人喜欢，她们顶着呛声，仓促上台，又仓促下台。虽然离买大房子的雄伟目标距离还很远，但是他们三个人都觉得很踏实，都觉得这样的日子很有奔头。在家里，所有的家务活全是她们干。作为她名义上的丈夫，他有一种当家做主的感觉。

他说：

“她跟她心地善良，我成全了她们，做了一件大好事，她们对我心怀愧疚，总觉得欠下我的债。她跟我说‘哥，怎么样才能报答你’，我说‘好好过下去，就是最好的报答’。好好过下去，真的太难了。从她们身上，从我自己的身上，我感到人真的是太不容易了。

“有一天晚上，她一个人赤裸着身子进入我的房间，她要我成为她真正的丈夫。我很惊讶，做出这样的决定，得下多大的决心。就像当初我下决心娶她为‘妻’一样。对她来说这是一种自残，以自残的方式来‘报恩’，我自然接受不了。

“她跟我说，这是她跟她的‘伴’商量的结果，还说，她们欠我太多，要把我应该有的还给我。什么叫‘应该有的’？她们没有把事情看成是自然生成的结果，没有把这种生活当成本来应该有的生活。一种压力解除之后，另外一种压力接踵而至，那就是所谓的‘报恩’。你说我该怎么办？

“我不想生活在一种随时被人‘报恩’的状态里面，那种感觉虽然很舒服，但久而久之，就会变成毒药，使一种美好的关系中毒，最后消失。她不知道我有多喜欢她，在剧院里，她是个冷美人，不闹、不争，她所有的热情都在舞台上绽放，她每一次排练、演出我都不会缺席。喜欢上一个人很不容易，每天都能看到她，我觉得已经很好。

“我跟她讲我为什么喜欢她，让她明白她对我有多么重要。我害怕她突然消失。人和人之间那种隐秘的联系就是这样妙不可言，不知不觉间，你和她就有了交集，有了属于各自的秘密。我和她，和她的‘伴’，我们之间的关系就是一家子的关系。我们三个人好，就是对抗歧视、对抗冷漠最好的武器。”

从此以后，他们三人就住在一个屋里……

这就是他和她，他和她们的故事。

“后来呢？”她问。

“她的‘伴’出国后，她疯了似的学英语，办签证，我也是，我们曾下决心去找她的‘伴’，可是太难了。最后不得不放弃。”

“后来呢？”

“她离开我们居住的房子，独自一人在热闹的城中村居住，还喜欢上摄影，拍各种凋零的花，拍街上经过的美人，拍自己的裸体……”

“一种生活失去平衡之后，很难再进行下去，我只有认命。

但她不认命,最终得了严重的抑郁症,我要带她去治疗,她不听我的,风一样地从我生活中彻底消失,她去了哪里,至今是个谜……”

怪不得他说“走了就是走了”,这个傻姑娘,你离开了舞美师,什么地方还会遇到这样的人。她替她感到可惜。

“她给我留下这部相机,还给这部相机起了个名字,叫‘美人风暴’。”

美人风暴！很别致的名字,别致里面有太多的感伤。

“她留下话,叫我多拍些花儿和美人。她说,只要我拍,她就能看到。”

“只要我拍,她就能看到。”这是他请求拍她的理由。

在这片亚洲最大的柚子林里,她这个舞台上的“角儿”听到了一个传奇。

她说:“除了拍照,我能为你们做点什么?”

“谢谢你听我讲我们的故事。”舞美师说。

情种阿廖沙

一

阿廖沙喜欢夏如春。

夏如春是重刑犯刘铁的老婆。

阿廖沙说，小羊，我该怎么办？

我说什么怎么办，你他妈就等死吧。

二

阿廖沙不是他的名字，小羊也不是我的名字。我俩同一天到野马镇报到，所长阿哩哩以前在中苏边境当营长，他看见新来的两个年轻人当中，有一个鼻子很高，当场就“赐”了外号，你，以后就叫阿廖沙。

至于我的外号，阿哩哩带我去跟财政所的韦德福喝酒，我喝多了，跑到卫生间，像被捅了一刀的羔羊那样哀号。阿哩哩哈哈大笑，小羊，你这个小羊。我为什么往死里喝，是因为阿哩哩曾经跟我说，年纪轻轻的不会喝酒，辜负了大好年华。我想表现给他看，结果变成了小羊。

当然，阿哩哩也不是所长的本名，我们广西有一首好听的歌曲《赶圩归来阿哩哩》，每天深夜，所长去财政所跟韦德福他们打麻将回来，刚过野马河桥头，他就唱这首歌，他改词，他不唱“赶圩归来阿哩哩”，他唱“打×归来阿哩哩”，把一首好歌唱成黄色歌曲，把我们逗乐了。这也怪不得他，有月亮的晚上，野马镇的男人女人就聚集在镇上的大榕树下面，唱露骨的情歌，好像在野马镇，你不纵情歌唱，你就不算野马镇的人。曾经在中苏边境当营长的阿哩哩入乡随俗，也走粗鄙路线。

他叫我们阿廖沙、小羊，我们就叫他阿哩哩。他也没什么意见。

三

那天晚上，镇上停电，我买了两斤饼干两斤米酒，和阿廖沙在煤油灯下喝夜酒。米酒在小贩的铁皮桶里放了太久，铁锈味很重，很难下咽，我往酒里加糖，结果跟饮料差不多。

阿廖沙本来不喝酒，由于这酒很甜，也喝上了，一杯杯跟我干。没想到这满是铁锈的米酒，勾出了阿廖沙的秘密，喝着喝着，他喘着粗气，像一头负重的老牛：

我喜欢夏如春！

那段时间我热衷于跟阿哩哩转战野马镇的各个饭局，粮所、财政所、税务所、中学，这些单位的酒杯都被我拿了个遍。我白天边干工作边想：晚上吃饭的时候怎么样才能千杯不醉？对于阿廖沙的情事，我自然一无所知。

他说他喜欢夏如春。我脑子里飞快出现夏如春的影子：

长头发、鹅蛋脸、大眼睛、薄嘴唇。

接着又出现她老公刘铁的面孔：

肉乎乎的脸，左边印着一条伤疤，两只眼睛白的多黑的少，面目十分凶残。

我想，我之所以跟阿廖沙不大一样，是因为我想起夏如春这个漂亮女人的时候，我不得不想起她的老公刘铁那张刀疤脸，就像野马镇人经常讲的“公不离婆，秤不离砣”那样；而阿廖沙呢，他想夏如春的时候，咔嚓一声，把她跟她老公刘铁切割掉了，公是公，婆是婆，秤是秤，砣是砣。

什么时候开始的？我问。

一个月了，你看不出来？阿廖沙很吃惊。

夏如春开了间“如春米粉店”，我和阿廖沙经常去那里“过早”，他和夏如春眉来眼去我竟然看不出端倪。

他老公可是杀人犯,等着挨枪毙。我说。

刘铁开手扶拖拉机帮人运送货物,人货混装,被交警拦住罚款,他不从,交警要扣车,他一怒之下,拿摇把敲交警的头,成了杀人犯。

这个夏如春也真是,老公在牢里等着宣判,她倒有心思谈恋爱,是急着找下家?

这个阿廖沙也是,你一个清清白白的红花仔(没谈过恋爱的青年男子在野马镇被称为红花仔)喜欢谁不好,喜欢重刑犯的老婆,他们一家人的生活,已乱得像一锅馊了的八宝粥,你把自己搅进去,很有营养是不是。

我替他着急。阿廖沙性格内向、耿直,是一条道走到黑的主。

你说我该怎么办?

你他妈就等死吧。

野马镇是全市最偏远的乡镇,民风彪悍,据说这里最早的居民,是太平天国冀王石达开掉队的伤兵。我不喜欢这里,倒不是害怕太平天国伤兵的后代有一天会把我怎么样,而是因为这里生活条件不好,经常停电,也没有自来水,更没有像样的厕所。我从小到大都在城里待,多多少少有些娇气,刚分配到这里的时候就想着怎么样才能尽快离开。后来染上酒瘾,也有点破罐破摔的意思。

这个阿廖沙,是想扎根野马镇了。

那时候我还没有谈恋爱,不理解阿廖沙轰轰烈烈的感情。我不能想象阿廖沙跟一个即将成为寡妇的人在野马镇怎样生活下去,况且夏如春还带着一个三岁的儿子,她老公还在牢里等着最后的审判。

你是不是一时冲动,想女人想疯了,随便是个女的你都想上。我说。

我是那样的人吗?他眼睛发直。

他不是那样的人。我也不是。我们刚到野马镇不久,至少十个人对我们说,要管好你们的裤腰带,除非你想变成野马镇的人。他们说这话的意思不是说野马镇的姑娘时时刻刻都想扑上来哭着喊着要嫁给我们,他们是提醒我们负不了责任的事千万不要做。

这个我做得到,不到一年我就成为一个酒鬼,什么饭局都少不了我,与人交往只看酒量,不看性别。除非是仙女,否则不会动心。

阿廖沙开始的时候做得到,两年下来把持不住,把夏如春当仙女了。

考虑考虑,你再考虑考虑,可能过一段时间,你又不喜欢她了。我说。本来我想说,她就是一个大火坑!你这是有去无回。但这话有点蛮横,我怕这样说后他为了赌一口气,更加坚定往火坑里跳的信念和决心。

我又不是小孩。他说。

煤油灯映着阿廖沙通红的脸,那张脸电力十足,随便接上个电灯泡,都能大放光芒。他问我他该怎么办并不是因为六神无主,他是希望我关键的时候站出来,支持他跟夏如春谈恋爱。他的言下之意是:我跟夏如春好,你看着办吧。

我能怎么办,只好支持他。谁叫我们是同一天来野马镇报到的兄弟。

需要我做什么,你尽管说。我嘴上这么说,心里还是想不通,他妈的,他真把夏如春当仙女了。我觉得他们挺难。

四

第二天,我把阿廖沙的事跟阿哩哩说了。阿哩哩说,我已经知道了,我们晚上打麻将,阿廖沙和夏如春谈恋爱就是最主要的话题。

这个老狐狸,知道了也不制止一下。

你也不管一管,这种局面,像你这样的江湖老手都对付不了,更何况一个红花仔。江湖老手,我们平时跟阿哩哩开玩笑惯了,没大没小的,这样说他他也不生气。

宁拆一间房,不毁一桩姻缘。你情我愿,怎么管,你说怎么管？他说。

他把阿廖沙和夏如春的交往看成“一,桩,姻,缘!”这倒是挺有意思。

夏如春的情况也太特殊了,你觉得他们……合适吗？我说。

合适,怎么不合适！我就觉得很合适。

这个当过我军营长的阿哩哩,这个作为我们单位一把手的阿哩哩,确实很痛快。他的那颗心脏,什么事都能装。我想到了他喝酒的样子,只要是个人,只要你端着酒杯站在他面前,他保准一口干。税务所那帮狡猾的家伙为了灌醉他,经常把自己杯中的酒换成冷开水。他也不揭穿他们,不管他们喝的是什么,他照样酒举杯干。我看不过,跟税务所的人理论。阿哩哩拦住我,说,他们也就这点出息,不要计较,让他们在我们面前发抖吧。他在空气稀薄的高原上当了多年兵,成天跟冰雪打交道,受过太多的苦,只要天不塌下来,什么事都是小菜一碟。我曾问过他,很多转业军人、复员军人脾气都很暴躁,你怎么这样,像个弥勒佛。他说,他们脾气暴躁我怎么知道,你问他们去。

大概从生死线边界走了一圈的人,都跟他一样,凡事都看得开。

五

我们五个人待在阿廖沙的房间里。夏如春、阿廖沙、阿哩哩、我,还有阿廖沙的妈妈。

五个人凑在一起并不容易。

阿廖沙的妈妈从市里赶来,她想“一对一”跟夏如春“谈谈”。她是市妇联的工作人员,做妇女工作很有一套。

阿廖沙不答应“一对一”,他想“二对一”。他跟我说,迟早都要过我妈妈这一关,她来得正好,趁这机会我们做她的思想工作。他想得很天真,他以为他妈妈是观音菩萨,慈悲万物,她可是妇联干部,正盼着儿子早点离开野马镇,回市里找个门当户对的姑娘结婚生子,她是棒打鸳鸯来了。

我说“一对一”不行,那样的话夏如春肯定被她骂个狗血淋头;“二对一”也不行,你们三个,谈着谈着,肯定情绪失控,如果打起来,你肯定帮夏如春打你妈妈,这样的事情千万不能发生,如果没有人在旁边及时浇水,场面就会很难看,这样吧,我也参加,就算“2+1+1”,好不好?

阿廖沙说,那你要站在我这一边,跟我们一起,说服我妈妈。如果你站在她那一边,你就不要参加了。

我说,你想今天就说服你妈妈那是做梦,没有个一年两年,她不会转过弯来，先顺顺利利、平平安安地让她跟夏如春见第一面，随便她怎么说，怎么闹，你们就是不吱声。

看来也只有这样了。阿廖沙说。

我把这事跟阿哩哩说了，他说，再加上我吧。结果变成了“2+1+1+1”五个人。

六

夏如春不敢去见阿廖沙的妈妈。阿廖沙叫我去做她的工作。我以前都是作为顾客去她店里吃早餐，现在是作为“自己人”去动员她参加这次历史性会面。

下午，我和阿廖沙去她家，门刚打开，夏如春三岁的儿子就扑向阿廖沙。叔叔，叔叔，抛沙袋！阿廖沙把他放在自己的臂弯里，横着把他抛起来。哦，这就叫抛沙袋。阿廖沙带小孩真有一套。一、二、三……一共抛了十下，他力气足得很。每抛一次，小孩都惊叫一次。小孩的惊叫，掩盖不了这个家的凄凉。

看到我这个“自己人”，夏如春脸上起了羞涩，她刚洗过头，头发披着，散发着一股化学香味。虽然羞涩，但不慌张，成熟女人的从容她有。

她拉过一张木凳，叫我坐下。我不知道该怎么称呼她，以前我叫她老板娘，现在不能这么叫。

对不起,给你们添了很多麻烦。没想到她一开口就这样说。

不麻烦不麻烦。我也是嘴笨,好像已经帮了她什么大忙似的。静下来之后想,还真是麻烦,而且是大麻烦。

哦,这就是你家。我说。她家是水泥砖房,只建了一层,前边是米粉店,后边住人。我们现在是在“后边”说话。柴油桶、废旧的拖拉机零件散落一地,男主人刘铁的痕迹随处可见。阿廖沙来到她家,得需要很大的勇气。

来不及收拾,很乱。她说。

没关系,我和阿廖沙住的地方,也很乱。

她笑了,两边嘴角往上抽,头发挡住眼睛,她一甩,眼神透出一股坚毅——就这一点,我隐约看出了她和阿廖沙某种相同的气质。平日里,阿廖沙想要坚持的东西他是不轻易妥协的,我把这种坚持形容为破罐破摔。现在在夏如春面前,我竟想起这个词。有些对不起她。不过话又说回来,她和阿廖沙,如果没有这破罐破摔的无赖劲,还真成不了。

我突然获得某种能量,也许面对各种意想不到的事情的时候,破罐破摔还真的管用。

你不愿意去见阿廖沙的妈妈?我说。

是的,家里的事还没有解决,不好面对他妈妈。她说。

她的丈夫还在等着最后的审判,她已经开始一段新恋情,不管怎么说,大概除了阿廖沙和我(是被迫的)还有阿哩哩,野马镇没一个人觉得正常。

她妈妈这次来主要是想见你,见不到你,她不会离开。反正迟早都要见,俗话说丑媳妇早晚……这个这个……晚见不如早见。我语无伦次,话讲得不好听。夏如春也不在意,一杯水递到我手上。我接过来一口干,又把杯子递给她,她以为我很渴,又递过来一杯,我又干了。我用酒桌上的豪气来掩饰自己言语上的错误。

给我个面子,去见见她。我说。我干脆删繁就简,把饭局里面最常用的词拿出来说。在我看来,人生其实就是怎样才能在嘈杂混乱的饭局里吃上一顿好饭。

我要她给我个面子。因为阿廖沙找我来做她的工作,如果做不通,会很丢人。

她没想到我会这么说。很吃惊。不过她很快就平静下来。

她说,你先听我说,唉,我们把事情弄糟了……

她说的我们,就是指她和阿廖沙。事情是怎么个弄糟的呢?

七

先说一说他们是怎么好上的。

阿廖沙发现自己喜欢上夏如春,是那天刘铁被抓的时候。

中午时分,派出所的电话打到我们单位,说刘铁犯事了,现在人在家中，派出所人手不够，叫我们去他家帮忙，堵住他。我们单位就我和阿廖沙在家，我和他一人拿一把切菜刀就往刘铁家，对，也就是“如春米粉店”跑。

前门是派出所的人把守，后门是镇政府武装部的人把守，楼顶的门是财政所、税务所的人把守，我和阿廖沙爬上搭在刘铁家墙边的竹梯上了楼顶。看见我们来到，财政所、税务所的人都往后退，把“最好”的位子留给我们，也就是说，如果刘铁从楼上逃掉，最先遇上的就是我们。他们真的很会安排。

我和阿廖沙手拿菜刀站在门口。

楼下，派出所所长铁托在喊话。铁托也是外号，镇上各单位的领导闲来没事，互相赐外号，而且赐的都是各国领导人的大号，所以野马镇的饭局，好家伙，那就是联合国的“全球首脑高峰会议”。

铁托喊：

刘铁兄弟，我是铁托啊，事情不发生也发生了，既然发生了，我们就要面对，千万不要再做什么蠢事、傻事。刘铁兄弟，听我的，出来配合我们调查，我相信你不是故意的，都是在娘胎里待十个月的人，心头都是肉长的，不会有什么深仇大恨，你肯定是一时生气，才失手伤人是不是？不会是死罪，听我的，出来吧。

刘铁在屋里回话：

我只拉了三个人，刘小宝就扣我的车，乡里乡亲的，一点都不通融,他小时候还来我家吃饭呢,这都不要紧,惹毛我的是他的态度,只拉三个人,他那口气,就好像我杀了三个人一样,口水喷了我一脸,我是反党,还是反革命?

被刘铁敲死的交警刘小宝家就住在野马镇,说起来他跟刘铁还算是远房亲戚。从刘铁的回话可以知道事情的起因:亲戚查亲戚的车,一点都不通融,而且态度恶劣,把亲戚当杀人犯来查。这让刘铁受不了。其实刘铁只说了事件的后半截。前半截是这样的:刘小宝例行公事查他的拖拉机,一开始刘铁就很生气,亲戚嘛,直接放他走就可以了嘛,啪,朝他敬了一个礼之后,就要罚款。他不知道不远处还有从市里边来联合执法的交警,刘小宝在他们眼前放他走,就是渎职。刘小宝当然公事公办,而且还要装着铁面无私的样子。

铁托说:

刘小宝就是这个性格,都在气头上,大家都在气头上,所以说同志们呐,在查案件的时候,一定要和风细雨,将心比心,文明执法,刘小宝就是一个典型的例子,如果态度好一点,也不会出这样的大事情。

为了哄刘铁出来,铁托只能把过错往刘小宝身上推,假装给在场的民警做训诫:

都听到了没有?

派出所的人响亮地回答,听到了!

铁托又对屋里面的刘铁说，刘铁，听我的好不好，我告诉市局的兄弟，在取证的时候，一定要收集有利于你的证据，检察院检察长是我的老乡，法院我也有朋友，我会帮你讲话，你信不信？

屋里没有回音。

铁托又喊道，告诉你一个好消息，刘小宝被抢救过来了，现在在医院里打吊针呢。

这是铁托骗他的，刘小宝几乎当场就被刘铁敲死了。

屋里面仍旧没有动静。

铁托还在外面喊：刘铁，相信我，出来吧……

别喊了，老子要在家里吃最后一餐饭，喝最后一顿酒！刘铁在屋里喊道。

不一会儿，从屋里飘来辣椒焖肉的香味，这股香味太浓了，门外所有的人——前门、后门、楼上的人都闻到了。很多人受不了呛鼻子的辣，前门、后门、楼上喷嚏声此起彼伏。我狠狠地咽了一口口水。辣椒焖肉是我的最爱。

一个小时之后，喝得半醉的刘铁打开家门，铁托一个扫堂腿将他绊倒，派出所的人一拥而上将他铐住。铁托说，好你个刘铁，敢杀警察，反了你了！

派出所除铁托之外还有五个人，五只手紧紧揪住刘铁，把他推向那辆从市公安局“下放”到野马镇，差不多要报废的烂吉普。

刘铁像块破抹布一样被塞进车里。

这个时候我和阿廖沙已经下到地面，我们提着菜刀在后面跟着，雄赳赳气昂昂，好像帮了什么大忙一样。

吉普车点不着火，吱吱地乱响一气。没办法，铁托招呼大家推车。要爬一个长长的坡，大家呦呵呦呵地推，刚推到半坡，后面响起撕心裂肺的叫唤声：

刘——铁！刘——铁！

我们回头一看，夏如春疯了似的冲上来。她头发乱糟糟地舞着，衣服扣子都还没扣好，露出白色的背心，整个人像从水里刚钻出来一样，湿漉漉的。

刘——铁！刘——铁！

她跑得越近，哭声越凄厉。

这个时候，阿廖沙手中的菜刀掉在地上……哐当！

她的那种凄惨劲，她浑身的热气和水汽，让阿廖沙看呆了。

后来他跟我说，他恨不得自己是吉普车里面的刘铁。

在动物界，雌雄之间相吸的故事太奇妙也太丰富。自从来到野马镇，我和阿廖沙几乎每天都到"如春米粉店"去吃早餐。一年多的时间，夏如春在我们眼里，也就是个长相不错的老板娘，阿廖沙和她之间并无交集，现在，事情终于起了变化。我的疑问是，喜欢一个人，非得是她的生活起了化学反应之后才开始吗？如果没有那一场惊人心魄的奔跑和撕心裂肺的喊叫，阿廖沙还会喜欢她吗？在动物界，像阿廖沙这样的物种肯定不少，我把这种情况，称为动物界的“阿廖沙定律”。如果你们不喜欢“动物界”这个词，那我就把“动物界”改为“人世间”。怎么改都行。

八

阿廖沙叫我去说服夏如春去见阿廖沙的妈妈，我想快刀斩乱麻，一开口就叫她“给我面子”。好像我的面子大得很，人人都得让三分，这就是经常在野马镇饭局上混的结果，事情哪有那么简单。

夏如春倒是很有耐心，把她不愿意见阿廖沙妈妈的理由跟我讲了。

我们把事情弄糟了。她说。我们原本就不想让大家知道我们两个好，想等刘铁的事情有个结果后才公开，但是他太急了，是他自己把我们的事情说出去的。她说。

刘铁一审被判死刑，现在是二审前的关键时刻。我曾经卑鄙地闪过这样的念头，阿廖沙肯定希望二审维持原判。

事情并不是这样，阿廖沙和夏如春都想救刘铁。

他们在积极备战即将到来的二审。

这是他和她之间的“交易”。阿廖沙公开他们的恋情，是为了宣誓自己的决心。

这些都是来之前阿廖沙跟我说的,他叫我跟夏如春说,他喜欢她是真的。

事情似乎越扯越复杂了。其实也并不复杂。一个“救夫”的故事正在野马镇上演,阿廖沙是男一号。道义夹杂着情欲,有时候道义多一点,有时候情欲多一点,你也可以说什么道义,都假的,全是情欲,就一对狗男女。反正三角关系已经形成,再怎么分析其中的成分一点意思都没有。

关键是,他们要救刘铁。

来之前我问阿廖沙,你真的要救刘铁?

他说对。

我说,他活下来就没你什么事了。

他说走一步看一步。

我说你这是剃头挑子一头热,夏如春在利用你,是不是这样?

他说我也不知道,反正她现在也离不开我。

我说那你还叫她去见你妈妈,你真的想娶她当老婆?

是我妈想见她。

你们这是乱搞。

乱搞就乱搞。

阿廖沙就是这样,你越是下结论,他越是破罐子破摔。我只好跟他来了。

在夏如春家,夏如春说,他是个情种,我以为他是可怜我,同情我才这样,我开始是躲着他的,后来……

我知道她说"后来"的意思,一个女人,也不容易,她承受的压力可要比阿廖沙大多了,是什么样的力量使她不顾一切。我没有问,她也没有说。

我想到阿哩哩说的,合适,怎么不合适。阿廖沙和夏如春,在不顾一切这一点上面,可是天生的一对。他们互相依赖上对方了。

她说,只有等到事情有个结果,我才清清爽爽、明明白白去见他的妈妈,现在满城风雨,理都不在我这边,你说我怎么去见人家。

我心里咯噔一下,觉得夏如春太难了。这个世界,在男女关系方面,给女人准备的坏词要比男人歹毒得多,什么骚货、狐狸精、破鞋等等。以前我心里多多少少对他们的恋情有些抵触,这个时候我心生怜悯,我豁出去了。我想,在这件事情上面,我要跟他们站在一起,哪怕刀山火海也绝不退缩。我之所以有些底气,是因为我们身后,还站着一个强大的阿哩哩。

去吧,天不会塌下来,给我个面子,去见他妈妈。都什么时候了,我还这样说。

阿廖沙还在那里"抛沙袋",一、二、三……

九

夏如春、阿廖沙、阿哩哩、我，还有阿廖沙的妈妈，我们五个人待在阿廖沙的房间里。

阿廖沙的妈妈瘦高个，留着齐耳短发。

阿哩哩满脸堆笑，想跟她握手，她不干，手没有伸过来，眼睛直接就盯夏如春。她用这种方式来责怪阿哩哩对她儿子管教不严。

我叫了声阿姨，她也不理。

阿廖沙紧张地看着他妈妈。他去车站接她，一路上，他妈妈好话坏话已经跟他说了一大箩。他不知道她接下来会对夏如春说些什么做些什么。

夏如春像做错了什么事似的，低着头。她本来不想来，最后一咬牙就来了。也不是给我"面子"，她说，就让她好好地骂我一回吧。

五个人都有点不知所措。阿廖沙的妈妈是今天的主角，她不开腔，我们说什么都是白说。仅仅过了一分钟，阿廖沙的妈妈就给夏如春跪下了。这是我们四个人怎么想都想不到的。我猜，她开始肯定准备了一肚子的话要跟我们说，在酝酿了一分钟之后，她觉得说什么都不管用。

放过我的儿子吧，我求求你了，我们就他一个孩子，他还小，不懂感情的事，你帮帮我，可怜可怜我，放过他吧，我会感谢你，你也是孩子的妈妈，养大个孩子多不容易啊……她哭了起来。

没想到她会来这么一手，我们以为一个妇联干部，她做妇女工作的时候，会从容不迫、引经据典，脸不变色心不跳；至少矜持，保留一丝职业形象。没想到她在我们面前全面崩溃。现在她哪里是什么妇联干部，就是个儿子误入迷途、救儿心切的母亲。

我们赶紧去拉她。你们不要劝我！她说。小夏，我求求你了……

阿廖沙这下急了，妈，起来，你这是干什么，你丢不丢人！他说。

他妈妈根本不理睬，一个劲地在地上哀求。

事先阿哩哩对我们说，不管她是骂，还是打，我们都由她，毕竟她有她的想法和理由，千万不要跟她理论，说道理，男人女人之间的事，没什么道理可说的，也说不清楚，我们能做的，就是听她说，说到她不想说为止，然后你们该干什么，还干什么。这也是挺耍赖的一招。

好，我答应你，阿姨，我错了。夏如春也哭了起来。她和阿廖沙的妈妈抱在一起痛哭。

夏如春当着所有人的面表示要跟阿廖沙断交，这更出乎我们的意料之外，在两个女人的哭声中，我想如果从此之后天下太平那当然是最好的了，不过事情不会那么简单，夏如春答应不算数，阿廖沙答应才行。

阿廖沙很快就做出反应。当夏如春答应他妈妈要跟他断绝关系的时候，他坐在本来是留给他妈妈坐的椅子上，青着一张脸。突然之间，他的手从椅子下拿出一个瓶子，飞快地拧开瓶盖，往嘴里灌什么东西，阿哩哩和我几乎同时抢上前去夺瓶子，一股呛鼻的敌敌畏的气味在房间里弥漫……

最后的结果是两个女人同时抱住阿廖沙哭喊。

最后的结果是阿哩哩背着阿廖沙往野马镇人民医院跑。

十

我在病房里照顾阿廖沙。洗过胃之后，他的脸色开始现出一丝血色。那是天要亮的时刻。她的妈妈在病床的另一端睡着了，一只手还握着儿子的手。我在病房里拍蚊子，啪！手上一朵黑色的残花，那是阿哩哩的血；啪！手上的血有点鲜艳，那是夏如春和我的血！啪，手上黏糊糊的，是阿廖沙妈妈的血；啪！啪！啪！手上乱七八糟的血，那是给阿廖沙洗胃的医生和护士以及前来看热闹的野马镇人的血。他们虽然离开了，吸他们血的蚊子还在，它们可给我逮着了。野马镇的蚊子真的是太厉害了。

我拿药棉沾上酒精一一清理，像动了一次小手术。

拍蚊子的声音没有惊动阿廖沙的妈妈，却把阿廖沙拍醒了。

小声点好不好，你还让不让人睡了。他说。我很吃惊，也很高兴，这是折腾了十几个小时之后阿廖沙开口说的第一句话。那口气，之前发生的一切都不在话下。

感觉怎么样？

肚子太饿了。

还能不饿，他喝下去的那几口，能杀死一个夏天的蚊子。说话间，夏如春进来了，提着一个篮子，她从里面拿出一个搪瓷碗，盖子一开，粥香四溢。阿廖沙眼睛一亮，就要从床上起来，夏如春一只手按住他，拿着勺子喂他吃粥。

阿廖沙的妈妈对夏如春有一种天然的敏感，我拍蚊子那么大声，能把差点去阎王那里报到的阿廖沙拍醒过来，她连动都没动一下；而当夏如春轻手轻脚走进来，刚喂她儿子吃了一口粥，她就触电般地醒了。她的脸上说不出是什么表情。儿子大难不死，这比什么都强，跟儿子的命比起来，儿子的感情真的算不了什么。昨天她是这么哭的：

你好好跟妈说啊，你这么会这样啊，你要有个三长两短，我怎么跟你爸交代啊……

阿廖沙的妈妈真的是太可怜了。她哭的时候我也一阵心酸，眼泪水都出来了。不光我，连当过营长的阿哩哩都拿手抹眼泪。现在,阿廖沙的妈妈看夏如春一口一口地喂她儿子吃粥,脸上的表情失去锋芒,是那种刚刚经历千山万水,好不容易才平静下来的疲倦。

夏如春停下来,从篮子里拿出另一只搪瓷碗,递给阿廖沙的妈妈。阿姨,给。她说。

阿廖沙的妈妈开始没有动,阿廖沙扫了她一眼,她乖乖地接过来。阿廖沙现在是他们家的王。

竹篮里有一碗是我的。

我们一起在病房里吃粥。

十一

从此以后,阿廖沙的爸爸妈妈,还有整个野马镇的人都接受了阿廖沙和夏如春的这段恋情。起初我担心阿廖沙和夏如春,这惊世骇俗的一对,今后怎么在那些"太平天国伤兵"的后代的眼皮子底下生活。阿廖沙喝敌敌畏之后,他在他们眼里竟像英雄一样出类拔萃。换了别的地方,可能会是另外一种情况。不过我还是有些后怕,万一阿廖沙抢救不过来……我从来没看见人是怎么死的,阿廖沙差点变成我的第一次,我一边想一边发抖,人啊,真的是太惊险了。有一次喝醉酒回到宿舍,我莫名其妙地抱着阿廖沙哭了起来。阿哩哩过来看我,说,哦,这个小羊,这段时间眼泪多，就关门睡觉去了。

他俩的关系在野马镇"合法"之后，开始去救刘铁。第一步是请好的律师，我帮他联系了市里的盘律师，他要钱不多，五万。阿廖沙他们没有这五万。一审的时候，夏如春前前后后打点，花光了家里的所有积蓄，连开粉店的本钱都搭进去了。我跟阿廖沙说，跟你爸你妈借，他们五万块总有吧。阿廖沙说，亏你想得出来，这不是往他们的伤口撒盐吗。想想也有道理，夏如春是他们二老的底线，再加上一个刘铁，还想不想让二老活了。

我们想去跟阿哩哩商量钱的事应该怎么办，但很快就打消了这个念头：他要养三个孩子，他帮起人来不要命，他肯定会勒紧三个孩子的裤腰带也要帮阿廖沙；再说了，这段时间他挨市局领导批评，说他管理不严，单位人员作风涣散，工作任务完成得不好，正写检讨呢。

还有什么办法？阿廖沙说，不行的话我只有先拿公款去救急。

他胆子也太大了，我们手上的公款一个星期结一次，到时结不了账，说不过去。我们的工作是管理市场，每天拿着票据，去收市场管理费，屠户宰杀的猪每头六块；卖青菜，每摊五毛；成衣每摊一块。我们手拿票据在街头出现，就有人骂。所以我们每个人手里都有点钱。但这点钱在我们手里就几天时间。

不行啊，阿哩哩这段时间不好过，我们再挪用公款，所有的人都吃不了兜着走，我说，如果我们有台印钞机就好了。

说完，我突然有了灵感和力量。

十二

"花和尚"，男，现年三十岁，市人民印刷厂的工人，他姓花，喜欢留光头，厂里人都叫他"花和尚"。他在跟我姐姐谈恋爱。我回市里找他，是想让他帮我印一点票据。

见到我，他说吔，又长高了。这让我很反感，他一直把我当小孩。估计追我姐追得很顺利，根本不把我放在眼里。我曾经在心里说，即使有一天他成为我姐夫，我绝不叫他姐夫，我永远都叫他"花和尚"。

现在，我强压心中的不快，叫了一声姐夫。

他也没有多高兴，一副叫不叫姐夫都无所谓的样子。说，长高了，还长肉了，听说你喝酒很厉害？

我说，米酒 3 斤，高度酒 1 斤。他拍我的肩膀，走，喝酒去。

正是中午吃饭的时间，他带我到印刷厂旁边的"兄弟饭店"吃饭，说是"饭店"，其实就是只有五六张桌子的小饭馆。他从口袋里掏出钱包，数了六十块钱，扔给老板，说，今天吃六十块。六十块够多的了，六十块能请一桌人。他主要是想上好一点的高度酒。果然，菜还没上，两瓶"桂林三花"首先摆在桌子上。

我说，你平时都是这样吗？还没吃饭先给钱。

他说，如果是别人请我，我不会这样，如果我请别人，我一般都是先掏钱，我怕喝醉了忘记结账，别人说我结不了账耍赖故意喝醉。

原来如此，我姐姐为什么喜欢他，估计就看上他这股豪爽劲。

菜上来了，你一杯我一杯，很快就进入状态。其实我的酒量没那么大，米酒一斤半，高度酒半斤，我也是办事心切，把酒量虚报了一倍。看来今天肯定要喝醉，我得在喝醉之前跟他说正事。

我说姐夫，我想请你帮个忙。

什么忙？

帮我弄点票据。我边说边从口袋拿出几张票据，有六元的，有一元的，还有五毛、两毛的。

他看看我，又看看那些票据，说，你胆子好大呀，想拿假票证去收费，这可是要坐牢的呀，小小年纪不学好，缺钱是不是？缺钱就少花呀。这个时候他的豪爽劲不见了。我姐只看见他豪爽的一面，没看见他小气的一面。

我说，搞点票据，对你来说不是很简单吗？反正就我们两个人知道，你怎么这么胆小。

老实跟你说吧，全市各单位的收费票据都是我们厂印的，模具我很容易能搞到，偷偷印一点，也不是什么很困难的事，但是我不能给你,你年纪轻轻不走正道,今后还得了。花和尚说。

没办法,我只好跟他说票据的用途。我把事情的经过都跟他说了,最后补一句,那是救命用的,你说该不该帮?

我以为同情心加上酒精会使他豪情万丈,从今天起我们的城市将诞生一个名叫"花和尚"的侠客。我话刚说完,他想都没想,手马上摇过半空中,说,这更不行了,你很讲义气是不是,你想当关公,你又没有长矛,你想当张飞,你又没有大刀,我告诉你,这样的事你少掺和。他说,这都是什么破事啊,你不要再跟我说票据的事了,小心我告诉你姐,你在野马镇,都干了些什么。

这个连关公和张飞的兵器都搞不清楚的人,他的话激怒了我。

花和尚,你他妈敢!我指着他说。我站起来,将凳子推到一边,走了几步又回来,将杯中的酒喝了。倒出来的酒不喝,那是罪过。

十三

事情没办好,我很沮丧,一大早就坐公交车去车站。在公交车上我想,真是金钱难倒英雄汉,我是尽力了,如果阿廖沙也想不出什么办法,我们只好把盘律师给辞了,反正法院会安排一个免费的律师来为刘铁辩护。

刚下公交车,摩托车的轰鸣声传入我耳际。很快,一辆边三朝我开来,一颗光头顶着晨光由远到近,我定睛一看,是花和尚。他没有减速,在经过我身边的时候,他手一扬,一包东西朝我飞来。我牢牢接住。边三绝尘而去。花和尚一夜之间就把这些票据"搞掂",他不发一言急匆匆离开,大概是回家补觉去了。

花和尚这个人,跟很多人相反,很多人在酒桌上是豪言壮语信誓旦旦,但是过后,该帮的没帮,悄无声息;而他,喝酒的时候不答应,还像模像样地教训人,酒醒之后,还是很仗义的。

回到野马镇我一数,票据不多不少,刚好五万,还散发着油墨的香味。我拿来跟真票据一比,看不出真假。

阿廖沙兴奋得都快哭出来了,他至少在我胸脯上打了十拳。我和他商量,这五万块票据,不能一个月就用完,如果那样,肯定会引起怀疑,我们算了一下,要用完这些票据,至少半年。我打电话给盘律师,说能不能分期付款,盘律师说可以。就这样,直到刘铁的案子结案,我们都还欠盘律师的钱。

为了安抚刘小宝的家属,夏如春和阿廖沙商量,把夏如春的房子抵押给刘小宝的家属,求他们去法院为刘铁说情。刘小宝的家属不干,他们说,他们想要刘铁死。

果然,刘铁终审被判死刑。我们所有的努力都白费了。

夏如春接到通知,去市看守所看刘铁,阿廖沙和我把母子俩送到看守所门口,他们进去后,我们就在外边等。一个小时之后,夏如春抱着一个人造革包包牵着儿子走出来。人造革包包里装的大概是刘铁在看守所里的日用品。她哭肿了眼睛,儿子不停地摇她的手,不停地喊妈妈,妈妈。

枪毙刘铁那天是个晴天,由于枪毙的地点是保密的,事先人们就猜测行刑的地点到底在哪里。阿哩哩跟铁托了解到行刑的地点,带领我,还有野马镇扫街的老肥和老瘦,准备了竹席、绳子和竹杠,早早就隐蔽在刑场附近。我们做了分工,阿廖沙在家陪夏如春,阿哩哩和我负责去收尸。

我还没有见过死人,当行刑的车队来到刑场,刘铁被押下车的时候,我浑身打战,闭着眼睛不敢看。枪响,我的脑袋嗡的一声,眼前直冒金星。

阿哩哩说,好了,现在我们可以下去了。我几乎是被他拉到刑场上。

行刑的车队已经离开,刘铁扑倒在草地上,看热闹的人黑压压地从远处涌过来。

阿哩哩和老肥、老瘦飞快地把席子铺开,将刘铁卷在席子里,用绳子绑牢,竹杠穿过绳子,老肥和老瘦一二三,将刘铁抬起来飞快地离开。我们走的是小道,野马镇看热闹的人扑了一个空。

后来,我们在夏如春家旁边搭了一个棚,算是刘铁的灵堂。送刘铁回到这里,首先要做的是给他洗一洗。老肥老瘦在灵堂里打几根桩，缠上白布，算是刘铁的洗澡房。哗，我往盆里倒热水，阿哩哩去试水温，太烫了，加点冷水。他说。我往里加了几瓢冷水，阿哩哩试了试水温，说，再加点。我又加了一瓢。阿哩哩说好了。阿廖沙端着铁盆就进去了，阿哩哩跟在后面，他们两人给刘铁洗身子。不一会阿廖沙走出来，问我，身上有零钱吗？我从口袋里掏出几个硬币，他接过来又走了进去。在死人嘴里放硬币是野马镇以及很多地方的风俗。身上有钱，到了那边，会大吉。

除了被枪打，刘铁身后事跟野马镇的人没有什么区别。

……

一年之后，阿廖沙和夏如春结婚了，后来还生了个儿子。

再后来，我离开野马镇，越走越远。不管是在武汉、北京，还是在南宁，我的脑子里经常出现他们：

阿廖沙，这个高鼻子的兄弟，他的故事不寻常。今年春节，我接到他的短信。短信说，他当爷爷了，我一追问，才知道，当年缠着他抛沙袋的刘铁的儿子，已结婚生子。

还有阿哩哩，他早就退休了，想起他，心中一股暖流。

还有夏如春，这个漂亮的女人，她没有错。

人间消息

文中的自然科学知识均为虚构。

——题记

她说我是骗子。

她说她算是被我给毁了。

她说当初她怎么就瞎了眼呢。

她还说，好在她有两个人生，一个坏掉了，还有另一个。如果再碰上像我这样的混蛋，直接打死。

她留给我的最后一句话是：直接打死。

你听我说……

没人听我说，手机全是杂音，杀杀杀杀，是风声；啪，最后一响，是手机落地的声音。我仿佛看见一道弧线，在遥远的北方闪了一下。

她从此音讯全无。

电话断了，我感觉整个人已被抽空。风呼啸着，像世界末日。我抱紧自己,想着她离开我之后我该怎么办。她有另一个人生,我没有啊,我感觉自己掉进冰窟里。

我是爱她的。

我,季天冬,十多年来,一直在找寻一种叫“玛沙”的植物。玛沙灭绝于几千年以前,那个时候,人类活动以及一般常见的风雨雷电,已经不能够完全摧毁一种生物,然而,在没有任何预兆的情况下,玛沙,这种古老的生物,这种见证人类成长的物种,突然间消失得无影无踪。它为什么消失,成为生物界争论的焦点。有一种说法是由于太阳风暴,散发大量的“镊”,而镊与玛沙含有的“镥”是一对冤家,两种元素之间进行的战争一直没有停歇,之所以相安无事,是因为势均力敌,而太阳风暴,打破了这种平衡,强大的镊,终于战胜镥,玛沙从此在地球上消失;另一种说法是,每一个物种,都有强大的自我更新自我适应的能力,玛沙这方面的能力在几千年前突然丧失,就像物种之间一场没完没了的长跑比赛,玛沙被罚出场外,从此了无踪迹。还有另一种说法,那就是,盛极而衰,几千年前,是玛沙的黄金时代,这种长相酷似老虎皮的物种,攻城略地,本来是低纬度植物,热带是它的温柔乡,不知为何,竟出现在喜马拉雅山脉的冰天雪地中,出现在塔克拉玛干灼热的沙漠中,出现在大兴安岭茂密的森林中,这是生物界至今未解的一个谜。打那以后,厄运来临,这种长着老虎斑纹,质地像波斯地毯的植物,在征服了冰川、沙漠之后,谜一样地从地球上消失。当它再次出现时，已经变成我和我的学生们眼里雕塑般精美的化石。

我就是在玛沙化石跟前认识周畅的。那天，我带学生来看古生物化石展，周畅是博物馆的讲解员，我们跟在她后面，听她讲解那些化石的前世今生。她的讲解很有趣，把枯燥的古生物知识像讲故事一样讲给学生听。我以为解说词是别人给她准备好的，她只是背出来而已。我问了一句，稿子是谁写的？有专业水准，也很有趣。她说是我。这让我非常吃惊。她是个义工，念的是人类学，却对古生物有浓厚的兴趣，博物馆需要讲解员，她来应聘，聘上了，每周来两天。干练的短头发，小圆脸大眼睛，一副青春无敌的样子。当时我就要了她的联系方式，约了几次，就像她说的，从此她就“瞎了眼”。

我在广西，此时我万念俱灭。这些年来，自打有人发现疑似玛沙的踪迹以来，我从北到南，一直找寻它，我和课题组的同仁，甚至到南美的沼泽，掘地三尺。因为，一旦证明玛沙重现人间，物种之间的秩序将要重新排列，气候、土壤、水文等等，已有的概念将产生根本性的动摇。我曾信心满满地认为，玛沙，这个神秘的物种带给人间的消息，究竟是好是坏，迟早都将由我一一证实。

而现在，我对它的无限热情，瞬间降到冰点。此时，玛沙，成了一种根本就不存在的植物。而我这么多年来对它的追寻，就是一场睡梦中的恋爱。

我得回去。从圣堂山所在的金秀瑶族自治县到南宁吴圩国际机场，五个多小时的时间，我的脑子一直在回放我和周畅的点点滴滴。

她是撑不下去了。

这些年她一直在撑，我知道，可是我没有当一回事；她对我早有怨言，我知道，可是我也没有当一回事。她曾当我的面歇斯底里，叫我不要再从南到北地瞎折腾。玛沙，其实就是老天跟人开的一个小小的玩笑，从古到今，有多少物种消失啊，如果每一种物种的消亡和重新出现都要细细考据，人间都要变成地狱，你大概被你看到的那块精美的化石给骗了。她的话，把我气了个半死。关于玛沙的资料我有半屋子那么多，而用来寻找、鉴定玛沙的仪器就有一吨。我对我所从事的事业充满敬畏，我不容许我的女人对我所做的事有一丁点儿的不敬，她是把我当作民间那些为了一夜暴富而到处去寻宝的人了。我看着她像看陌生人，她看我像看怪物。当初，她是多么喜欢我啊。她在我面前介绍古生物化石时青春无敌的样子经常出现在我脑海里，可那已经是很遥远的事了。

这个曾经喜欢古生物、青春无敌的女孩，终成怨妇。

我知道，一切都是“拜”我所“赐”。

我在候机室里睡着了，我梦见一条冰河，冰河上的船被冻住了，企鹅栖在上面，滚滚黑烟，漫无边际……

电话把我吵醒。是我妈妈，她很少给我打电话，她一给我打电话肯定是出了什么事。

妈。我说。

小冬，你在哪里？

广西，准备飞北京呢。

小冬，那最好了，回北京后去看你唐俊叔叔，他病了，病得很严重。

我没有吱声。

你听到了吗，小冬，你听到了吗？她很着急地说。

妈，唐俊叔叔怎么啦？

他要跳楼，被保姆发现了，现在医院里。这个老唐，怎么就想不开呢。我妈在电话那边哭了起来。

妈，别哭，没事，一回北京我就去看唐俊叔叔，您放心吧。

唐俊叔叔是我妈妈当年的同事，我妈妈蒙冤受难，他没少帮助她。我是个遗腹子，很多人在背后指指点点，说他是我的亲生父亲，小的时候我没少被人嘲笑，为此我曾恨过我妈妈，这是我心中永远的一块疙瘩。对我来说，唐俊是个很敏感的名字。我妈在上海，我在北京，唐俊叔叔也在北京，我大学毕业刚刚工作，他曾想来看我，但我都借故不见，这就是当我妈妈提到他时我不出声的原因。听说他得了严重的抑郁症，家里只有保姆照顾他……

不好的事情都摊到一块。

我现在很艰难，这个老人也很艰难。

我想到周畅，她一定也很艰难。这么多年来周畅一直跟我绑在一起，最美的时光都被我耗掉了，她对我的期待都化为泡影，从对我言听计从百依百顺到怒不可遏大声呵斥，她是多么绝望。当初她不肯结婚，确实是有先见之明。我知道她的脾气，我也知道我们之间已经无法挽回。但是对她的牵挂就像黑洞一样吸掉我的魂魄。她在哪里？她的另一个人生是怎么开始的？

又一个电话打进来，我一看是北京的区号，赶紧接了。一个女声，老季，她说。她叫我老季，从来没有人这样叫我，这样叫我让我有晚景凄凉的感觉。她说，老季，你别找周畅了，她离开北京了，你好好过，岁数也不小了，该干嘛干嘛。

你谁啊？周畅在哪里？我现在回北京找她。

早干吗去了，她就知道你要来找她，她还有一点点心疼你，她叫你不要再费那个劲，你把她给毁了你知道吗，她已经离开北京了，你好自为之，你这个贱人。电话挂掉了。

虽然被骂贱人，但这个电话让我稍稍有点心安。我知道她的脾气，我大她十几岁，当初她不顾父母反对跟我在一起，父母差点给她下跪她都不听。现在她离去，同样决绝。

十一月中旬，南边还热浪滚滚，而北边已天寒地冻，准备要往北飞的人们身穿T恤，手里却抱着冬衣。我这时才发现，我所有衣服都是夏天的衣服，我出来已有几个月，其间周畅生病住院，求我我都不回。现在晚了。现在回去，是够狼狈的。

本来应该傍晚回到北京，飞机晚点，进家门时已是凌晨两点。家空了一半，周畅把自己的痕迹全部从这里抹掉。平时她的东西是最多的，现在一件都没有留下。我接受不了这种冷清，这跟我在野外又有什么区别呢。我坐在沙发上，一支接一支地吸烟。我懒得再动，干脆躺在沙发上。

醒来时已是早上十点，我匆匆煮了点冻饺。电话又响了，是我妈妈。还是因为去看唐俊叔叔的事情，她怕我敷衍她，又一次催我。她把唐俊叔叔住在哪家医院哪个病房都告诉我了。她真是太操心了。母命难违，吃过饺子，我下楼打车，直奔医院。

我很久很久以前见过唐俊叔叔，应该是小的时候吧，在放学回家路上，经常遇到他，每次他都蹲下来摸我的脸。我工作以后，参加一位早逝的同事的追悼会，看见他三岁的儿子站在人群中，我也忍不住蹲下来摸他的脸，这个时候我曾短暂地想起唐俊叔叔。如果没有那些风言风语，在我印象中，他应该算是个善良且乐于助人的人。后来我一直躲着他，是因为心中的那块疙瘩，岁月悠长，我渐渐把他给删除了，所以他什么模样我一点印象都没有。要不是妈妈给的地址，在这家医院，我有可能把每一个上了年纪的人都当成他。

我提着一袋营养品走进病房，一个老头，没穿医院的病号服，坐在沙发上，一沓书稿捧在手里，在认真地看。知道有人进来，眼神斜过眼镜片边沿，瞟了我一眼。

我很尴尬，把礼品轻轻放在病房里的茶几上，说了声，唐俊叔叔，我是天冬。

他说，我知道。他一边拿红笔在书稿上画，一边说，是你妈妈叫你来看我的？

我没有直接回答，说，听说你病了，我……

我没病。

他一点都不礼貌，真是莫名其妙。但是我又不好发作，愣在那里。

好了，你已经来过了，你可以走了。他说。他连头都懒得抬。

本来我压根就不想来，他叫我走，我也不客气，转身就出了病房的门。从进来到出去，都不到一分钟时间，这是我原先没有想到的。我在心里嘀咕，这个老人真是莫名其妙。

在过道上，我被一个脸蛋红扑扑的西北大姐叫住，她说，大哥，你是来看唐老师的吧。

我没吱声。

她说不好意思，我刚才出去了一下，没想到有人来看他，我是专门照顾唐老师的兰妮。

哦，原来是唐俊叔叔的保姆。

我朝她点点头。

小陆好些天没来了，电话也打不通，我有事也不知道跟谁商量，你还是第一个来看他的人哩，我有些话要跟你说，可以吗？她说。

我不情愿，想赶紧离开，但是看兰妮哀求的神情，又有些不忍心。

什么事？你说吧。

她想了一下，说，你认识小陆吗？

小陆是谁？我不认识他。

她很失望，说，那可怎么办呀，大哥，你是唐老师什么人啊？她说。

我是他什么人？这又碰到了我心中的那块疙瘩。

我不是他什么人。我说。我有点慌乱，前面说过，唐俊叔叔在我这里是个敏感词，要不是我妈妈叫我来，我是不会来的。为了不让她追问下去，我说，有什么话你跟我说吧。这是缓兵之计，我想，在等她把话说完之后，我再跟她说，对不起，我帮不了你。

她说，我得回老家去了，我儿媳妇要生小孩了，需要人照顾。但是唐老师这里……

你跟他说了吗?

谁?

唐……老师。

没有说,我得先跟小陆说,叫他另外找人,新保姆来后我才走。她说。

小陆是谁?我问。

是唐老师的学生,我就是他找来的,但是现在联系不上他,我跟谁商量啊,我儿子不停地催我,可是我又不能扔下唐老师不管。

老人家应该知道小陆去哪儿吧,他不可能不知道。我说。

他不知道小陆去哪儿,他谁都不理睬。兰妮左看右看,压低声音道,自打我去他家当保姆,就没听见他说几句话,他谁都不理睬,就是小陆他也不理睬,他住院后,除了小陆,没有一个人来看他。

原来是这样,这个老人封闭自己,拒绝所有的人。我突然觉得他很可怜。保姆就要走了,他该怎么办啊。

我说,大姐,老人家我也不认识,是别人托我来看他的,你说的小陆我也不认识。

听我说完,兰妮很失望。看她可怜的样子,我说,这样吧,我帮你打听打听。

我到医院过道的另一头给我妈妈打电话,我要告诉她我来看过唐俊叔叔了，顺便把这里的情况也跟她说一下。兰妮则在过道那头一直看着我。

电话打通了，我还没开口，妈妈就问，他怎么样？

我说，妈妈，他拒绝跟任何人交流。

妈妈说，我知道，他很早就这样了。

我说，保姆要走，他马上没人照顾了，他的学生小陆也找不到，保姆急死了。

妈妈说，小陆啊，我知道我知道，他母亲去世，他回老家去了，可能现在正在往回赶呢，我马上跟他联系。

原来我妈妈什么都知道。我心里不大高兴，这些年她肯定跟唐俊有联系。我爸我妈是患难夫妻，我爸熬不到头，“文革”刚刚开始就走了，我正好十个月后出生，所以，他们一直怀疑我的爸爸是唐俊。我为这事一直恨我的妈妈。后来我妈妈嫁给了我的继父刘飞，唐俊则调到北京，终身未娶。

我走过去把小陆正在赶回来的消息告诉兰妮，兰妮喜出望外，迫不及待就给小陆打电话。

我匆匆离开。

几天之后的一个晚上，小陆进到我的屋子里，他三十多岁的样子，跟我以前的那些学生年纪相仿。他左臂戴着一块黑纱，那是他给他妈妈戴的孝。他摘掉帽子，灰白的头发把我吓了一跳——这个年轻人脱帽之后，一下子就像个小老头。

他来之前，我妈妈说，小陆要来找我，跟我说一些事情。我隐约觉得他来找我可能跟唐俊叔叔有关。我很不情愿，但是又不好拒绝。只要我妈妈让我做什么，能做的我还是尽量去做，而且尽量不让她看出我不情愿。

小陆有同龄人罕见的成熟和周到，没有马上坐下，先去烧水，泡茶什么的，弄得我不知道说什么才好。他忙了一阵子，才坐下来跟我说话。

季老师，真的很冒昧，过来打搅您。

别客气，听我妈说，你找我有事。

是的。

是关于唐老先生吗？

不完全是。

说吧。

季老师，您知道唐老一直在做什么吗？小陆说。

他不是研究光学吗？

唐俊叔叔在大学物理系教书，我当初考大学，想读文科，他跟我妈妈建议，叫我读理科，我虽然不大情愿，但最终还是听从他和我妈妈的意见。

那是以前，退休后，他改了研究方向。小陆说。

什么方向。

人类灾难史。

人类灾难史？

对。

我一下子就懵了，这完全超出我的意料。一个学物理的，晚年改了研究方向，而且是吃力不讨好的社会科学项目。

你跟他一起？

对。

我一下子对小陆刮目相看。这是个偏门啊。怪不得他少白头。

我说，你大学念的是什么专业？

数学。

数学？

对，数学，兼修历史，所以后来就跟唐老一起，做他的助手。

真不简单啊。我想起我带着研究团队，为研究玛沙从南到北，风餐露宿。我的那帮同事，现在还在山上呢。

俗话说隔行如隔山，在学界，研究自然科学的人天生有一种优越感，确实，自近代以来，因为人类在自然科学研究领域的重大突破，人类文明的进程才大大加快。

“人类灾难史”，我突然很想知道，唐俊叔叔和小陆是怎么研究人类灾难史的。

这是一个很大很大的课题。我说。

小陆说，不错，说是灾难史，其实就是研究“人类的罪行史”，说得好听点，是“人类的过错史”。小陆苦笑。

难度太大了。我说。

是的，国外也有人在做，但在国内，没有人喜欢我们这样做。

想想也是，我突然觉得我很幸运，研究一种植物的消失，很容易就获得支持。而唐俊叔叔和小陆的课题，可想而知，多么艰难。

小陆说，我们是用一种很笨拙的田野调查的方式，这些年来，我们收集到很多很多标本。太惨了，唐老就是在这期间患的抑郁症，他完全陷进去了。

原来如此，我的内心起了波澜，这么多年来，我一直沉溺于玛沙的世界，什么人间烟火、人间悲剧都跟我无关。周畅离我而去，在我看来，已经是一场灾难。应该说，在此之前，我的研究是充满乐趣的，我不止一次梦到，玛沙像老虎皮一样覆盖在人类的原野上，小孩在上面打滚，野兽在上面奔跑……一个女人的离开，都让我对我的研究产生怀疑，这些天，我一直在想我所做的研究到底有没有意义。

而唐俊叔叔和小陆……他们太难了，我仿佛看到，一老一少孤独的身影，在农村、在城市，那些曾经的灾难现场……对唐俊叔叔，我一下子心怀怜悯。这个老人太可怜了，本来可以安享晚年，却自己给自己找罪受。

小陆说，本来很健康的一个老人，你也看到了，变成这个样子。

他什么时候开始变成这样的？我问。

想必你也猜得出来，我们做这方面的研究，基本上就是在“地狱”里面逛。他说。

我一下子就明白了。我想起周畅跟我说的，如果每一个物种的消亡都要研究，人间都要变成地狱。我跟他们两个人的研究方向不一样，难度也不一样，但我也陷进去了，这么多年来，做的梦都是跟玛沙有关。我不理解的是，一个研究光学的退休老人，怎么突然就喜欢在“地狱”里面逛——人类灾难史，多浩大的一个工程。

什么原因使他改变研究方向？我问。

小陆说，可能跟他的经历有关吧，他曾经跟我讲，年轻的时候，他亲眼看见，有些坏蛋，把一个死婴，又塞回母亲的肚子里，因为这个母亲是个坏分子。还有……

我头皮发麻，连忙摆手不让他继续再说这类事情，人类的发展史也就是人类的灾难史，多少孤魂野鬼在人类的原野上飘啊。

那我能帮你做点什么？我问。

他看了我几秒钟，才开口，我想得到你的帮助。

接下来，他跟我说他需要怎样的帮助，才使他和唐俊叔叔的研究能够继续下去，我听完后，一口回绝了。

他眼含泪水，失望地离开。他左臂上的黑纱非常醒目。

我在广西的团队一直催我回去，说又发现了新的证据。我还没有回去的打算。我想念周畅，我发现我这么多年来一直在外面找寻一种也许并不存在、对这个世界来说也无关紧要的生物，能坚持下来是因为家里面有一个女人，现在她不在了，我一下子就失去了支撑。我开始对我的研究产生怀疑，人类的情感太奇妙了，一些所谓的伟大的梦想和抱负，在人类的情感面前，很多时候不堪一击。

这些天，我偶尔会想起唐俊叔叔和小陆他们的课题。他们想继续但是困难重重。那天小陆跟我请求，希望得到我的帮助，他想“寄生”在我得这个项目里，也就是他想到“玛沙”的团队来，借助“玛沙项目”的财力及种种方便，来进行他们的灾难史研究。如果我同意的话，他就可以跟着我走南闯北，甚至到国外，我们研究玛沙，他调查灾难。这完全是一种“地下活动”。他说他们已经山穷水尽，也只有这么一条出路了。这是一件很有想象力的事情。

他眼含泪水的情景经常出现在我脑海里，我很内疚，但是我也没有办法。从此小陆不再跟我联系，我不知道他将如何坚持。说老实话，我很佩服他，他是个了不起的青年。还有唐俊叔叔，他同样是个了不起的老人。

半个月后，我接到唐俊叔叔去世的消息，是我妈妈告诉我的。这一次是安眠药。他出院回家之后，换了新的保姆，新的保姆不熟悉情况，给了他可乘之机。

我刚刚听到这个消息的时候有一点点难过。他在医院里斜过眼镜框的那一瞥是他给我留下的最后的印象。退休之后，他一头闯进"地狱"里面，最终被黑暗击垮。

我没想到我妈会来，我打开家门，看见坐在轮椅上的妈妈，我非常惊讶。她已多年不出门，现在竟然千里迢迢赶来，显然是因为唐俊叔叔。保姆把她推进来后，她叫我把她推进卧室，把保姆留在客厅外面，到卧室里面后，她就开始哭了，哭唐俊叔叔，我在一边劝她，怎么劝都不管用。

哭过之后，她跟我说，小冬，你要去给他办理后事。

我不出声。

她知道我不愿意，看着我，点了点头，犹豫了很久，说，小冬，如果我跟你说，他是你的爸爸，你会拒绝给他操办后事吗？

我吃惊地看着我妈妈。

我妈妈说，他是你的爸爸，你要尽孝。

我脑袋嗡的一声，一口气堵在我胸中，什么，你说什么？

我一下子就被击垮了。为什么？为什么？我心里一直在喊。想想小时候那些鄙视的眼神，我的眼泪流了下来。

我擦干眼泪，我慢慢地缓过劲来，这个老人本可以慈祥却孤傲决绝，对这个世界，他本可以举手投降却最终选择一刀两断。他的死，我母亲的悲，冲淡了我心中的怨。

我回想在医院里，他拒绝穿病号服，拒绝跟人交流，这是一个父亲的形象吗？

看着我妈妈苍老的面孔，我百感交集……爸爸这两个字，对我来说过于沉重，我一下子也很难开口叫他爸爸。我甚至在心底埋怨我妈妈，她为什么要跟我说。这个世界上太多的谜，如果都要一一解开，人间都要变成地狱，这是周畅当初说的。我现在，就像在地狱里一样。从此，我将屈辱地活着。

处理完老人的后事，我送妈妈回上海，在飞机上，我妈妈轻轻地对我说，小冬，我知道你很难过，我告诉你他是你爸爸，主要是因为唐俊叔叔太不容易了，他得有一个后人给他送终。如果你不去做，真的没有人去做了。

妈妈看到我无动于衷，又轻轻说道，小冬，唐俊叔叔是清白的，你妈妈我，也是清白的……

妈妈，别说了……

这个时候，他是不是我亲生爸爸已经不重要了。在告别仪式上，学校来了很多人，妈妈、我还有小陆是作为亲属方站在灵堂左侧，接受他们的安慰。之前一系列烦琐的手续都是小陆去办。学校的档案里，唐俊叔叔亲属一栏是空白，遗体认领、火化、骨灰保存都需要直系亲属的证明，我们自然没有，后来是妈妈上海的单位开了一张妈妈和唐俊叔叔曾经是同事的证明，唐俊叔叔的学校也开了一张他确实没有亲属的证明，派出所甚至还发函到唐俊叔叔的原籍去调查他有没有其他亲人，最后公证处做了公证，有关方面才答应由我们处理后事。妈妈和我以及小陆分别作为唐俊叔叔的同事、同事的儿子、学生站在灵堂上。妈妈没有哭，我也没有哭，倒是小陆哭得很厉害。在等待遗体火化的时候，小陆对我说，那一年他跟唐俊叔叔去柬埔寨，在金边一个死难者纪念馆凭吊，一个透明的玻璃房子，密密麻麻堆满了死难者的头颅，从地上一直堆到屋顶，站在玻璃屋子面前，他感受到强烈的震撼和悲伤，唐俊叔叔一直都在发抖，泪流不止。这里原来是个万人坑，在玻璃房子四周，还散落着死难者的牙齿、手骨、腿骨……这样的现场，对唐俊叔叔和小陆的冲击可想而知。小陆说，唐俊叔叔的灾难史研究，其实很简单，就是找出曾经的灾难现场，然后记录成册，算是留给这个世界的一份证据。我想起我去医院看他时他手捧书稿对我不理不睬的样子，那个时候，我只是个看客，而看客是可以忽略的。当我获得他的死讯，在为自己是不是私生子而纠结的时候，他已坠入黑暗，就算我是他亲生儿子，那又怎么样？

但是我相信我妈妈。

我又想起周畅，我依然爱她，她的另一个人生应该充满温情、喜悦和浪漫，我祝福她重获青春。

飞机着陆，我离唐俊叔叔原来越远，他的苦难，这个世界的苦难，深海一样不露痕迹。我突然想起小时候唐俊叔叔蹲下来摸我脸庞的情景。孩子的脸庞，像块易碎的豆腐，他的爱抚，直到今天我才明了。

我又重新回到广西圣堂山。我身边多了一个人，小陆。从此，他跟着我们，广西广东河南河北……

我们去寻找也许并不存在的"玛沙"，他则去寻找曾经的灾难现场。我想，我总得为老人家做一点事情，这个世界春暖花开，同时，这个世界寒风刺骨。有人沐浴春光，就得有人忍受饥寒。这是小陆对我说的。他是个了不起的年轻人。

我在心里对自己说，只要小陆没有停下来，我就不要停下来。

南山寺香客

闷热、潮湿，很多物品都在滴水。李大为坐在潮湿的沙发上，有刚刚从水中钻出来的感觉。镜子也在滴水，他瞟了一眼镜中的自己：一个湿漉漉的人。不知道摸骨师的屋子为什么会有一面镜子，摸骨师是个瞎子，平时根本用不着镜子，难道他是想提醒前来找他"指路"的人，看清自己的惨淡吗？

"驱逐之年"，李大为脑子里闪过这样一个莫名其妙的词语，这趟旅行，太像逃亡了，无头苍蝇一样，毫无目的，从一个城市到另一个城市。小时候在邕江边，李大为和伙伴们在水中玩找人的游戏，口令之后，他们跳入江中，乱潜一气。李大为现在就是这样的感觉——是差不多要溺水的感觉。

每年总有一些时候，他得靠这种不停的出行，来缓解即将溺水的状态。这是多年积累下来的"病"。在很多回"逃亡"中，那几个年轻人的嘲讽经常在耳边响起，咒语一样。他们是他学生那一辈，在南湖公园，那伙人在他身后大声地聊天，"我们要好好干，要不然像前面这个大叔那样，还不如不活呢"。他妈的，我到底什么地方得罪他们了，难道从走路的姿势，就看得出一个人的丧气。他停下来，转身面对他们，没想到他们根本不回避他，依然大声地说："这样的大叔，我想不出来他对社会有什么贡献，污染源，绝对的污染源。"这几乎就是人身攻击了。李大为的心脏狂跳："年轻人，你们怎么可以这样说话！"他的口气有些颤抖。"你还别不承认，你有什么出息？你对国家有什么贡献，你在单位肯定是地位最低下的，谁都瞧不起你，家里一大堆事情，哪一件你都摆不平。你说是不是这样？"真是奇了怪了，小年轻想都没想就戳中他的痛处：大学学报编辑，一个所谓的日本文学研究专家，一年几篇论文、几场日本文学研讨会、几场讲座，平时给别人的论文修改错别字等等，就是他工作的全部。单位有没有人瞧不起他，他不关心。和妻子离婚，为财产及儿子的抚养问题，撕得你死我活，最后落荒而逃，这倒是真的。"加油啊大叔，不要一脸丧气的样子。"几个人一起喊。李大为被激怒了，他五官变形，走到他们面前，扯住其中一个人的衣服："你是不是很×啊，你敢不敢跟我一对一？"他学会了网上粗鄙的言辞。李大为觉得自己的八十年代又回来了，对不讲道理的人，武力是最便捷最有效的解决问题的办法。读大学的时候，他练散打，得过学校的散打冠军，当年可是没人敢惹。想想也是很悲凉，散打冠军，一个八十年代的名头，一个落满灰尘的名头，现在不得不拿出来，给自己壮胆。他觉得自己还行。这下他就上当了，这几个小年轻还巴不得闹出点事情，他们在南湖边转了好久，至少挑衅不下十人，都没人理睬，到李大为这里，终于成功。“好啊，我现在又崇拜你了大叔。你先放开他，我来跟你打。”另一个小年轻掰开李大为的手，头几乎贴在李大为的脸上，浓烈的酒肉之气喷了李大为一脸，李大为一阵恶心，肚子突然翻江倒海，他忘了自己有胃病了。很奇怪的胃病，只要闻到浓烈的气味，他都会恶心到呕吐。他捂着肚子，移步到一棵榕树下面，头抵在树干上，干呕起来。小年轻们放声大笑。“我说得对吧，污染源，绝对的污染源，这棵榕树如果枯死，就要怪你了，大叔。”之后他们笑着离开。

摸骨师人干瘦，头老是半仰着，眼珠全是白的，也不晓得用一副墨镜来遮盖，看起来有点吓人。他家在小巷的尽头，门前一水的石板路，潮湿得很，在来的路上，李大为脚底滑了两次，差点跌倒。这样的巷子，跟摸骨这门古老的职业倒是很搭，潮湿破落悠远，很符合李大为的心境。摸骨师先是摸到饮水机跟前，从底座抽出一个纸杯，接水，然后走过来递给李大为，李大为说了声谢谢，那杯水只在他手中停留一秒，就被他放在茶几上。摸骨师绕到他身后，开始工作。他的双手搭在李大为的头上，像牧师给信徒摸顶，只不过牧师单手，他双手。李大为头皮发凉。当他觉得头皮由凉变暖的时候，摸骨师已将他的头细细摸了一遍。李大为觉得摸骨师像个打太极球的高人，一个球在他手中起起落落，出神入化。自己的头颅，就是摸骨师手中的那个圆球，他有时轻轻地捏，像按摩；有时轻轻地拍，像在判断是不是熟透的瓜。这个时候，李大为觉得自己太滑稽了，一张塞进酒店里的硬纸片，不是招嫖的卡片，而是给人摸骨算命的名片，就把他带到这里。他也只是好奇，人的命运地图，怎么样就藏在骨骼里？哪一块骨头，对应人生的哪一场欢喜与悲愁；哪一块骨头，主导人生的哪一个重要事件或者事故。这份古老的职业，在互联网时代，也算是另类。没想到摸骨师生意兴隆，轮到他时，已是午后。

摸骨师说："先生眉骨高耸，天庭润滑饱满，后脑勺有反骨，从这几个骨相看，你是能成大事的人。"

李大为想，我还有反骨，我他妈现在见人都想跪下呢。

摸骨师说："但是你颈骨弯曲，耳郭浅薄，江山到此，云淡风轻，可惜了。"

李大为想，我颈椎的毛病他都摸出来了，我还轻微驼背呢。想到这里，李大为挺直腰杆。

"没想到，先生还是个罗锅样。"瞎子的双手落在李大为的肩胛上，不停地摇头，"男人易折，你太累了。而且你还有暗疾。"他的手沿李大为的脊梁骨走了一回，就得出这样的结论。

连这个也瞒不了他，李大为暗暗称奇。李大为想到自己奇怪的病，只要一闻到浓烈一点的气味，白酒、香水、辣椒等等，就恶心。

"人世险恶，你该放则放，不要与人论短长。气顺则心平，心相变则骨相变，说的就是这个道理。”摸骨师说。

李大为说：“谢谢师父，你真说对了，我确实不大顺，而且我有严重的胃病。一遇辛辣浓烈的气味，就恶心难受。”

“你也不要太为这个操心，从你的骨相看，先生还算个有福之人，每遇不测最终都能逢凶化吉。”

“那我应该吃什么药？”李大为说出话后就笑了起来，他把算命当成是求医了。

摸骨师说：“你到南山寺找李师。他能帮你。”

“李师？”李大为这下警惕起来，没准这是一条“产业链”，是下线给上线输送牺牲者。这些年互联网上的热门话题之一，就是佛门净地不再清净的各种说法。“李师是谁？”李大为说。

“我的好朋友，南山寺的法师，人称李师，我觉得你的气息发紧，需要调理疏导，你跟他聊过之后，会柳暗花明，花开富贵。”

李大为从来没有迈过寺庙的门槛。对待佛啊神啊，他是敬而远之。凡单位组织的活动，只要是涉足宗教场所，不管是教堂还是寺庙，他都是在停车场外等，完全是与此无关的闲人做派。那一年，他去日本四国参加一场关于远藤周作的作品研讨会，主办方请与会者去神庙观摩祭祀活动，他找借口不参加。很多人奇怪，问他为什么这样不待见佛，他只是笑笑，说，人贵有自知之明，不是我不待见佛，是佛不待见我，佛要打理的事太多，我就不要再去给佛添乱了。当然这是一种敷衍的说法。他真实的想法是，一个人在世上走一遭，太可怜了，还是多花点心思，想一想自己怎么照顾自己，佛经上说人不能贪，求佛也算是贪。如果说他有什么信仰的话，学术方面，他倒是投入太多的热情，这算不算是一种信仰？他觉得不是，那只是饭碗。如果你能为某件事牺牲自己，那才叫信仰。他不是那种人。当然了，他很尊重那些信佛爱佛的人。那一年去五台山，有一位女同事请了一尊铜铸的佛像，很沉，一路上还是李大为帮她背。后来他觉得，女同事从五台山请回一尊佛像，也不能叫作信仰，只能说是爱，因为确确实实，信仰一般都是跟牺牲连在一起，一说到牺牲，天下百分之九十九的人立马当缩头乌龟。大家都是可怜人。

所以当摸骨师叫他去南山寺找李师的时候，他就觉得那只是一桩生意。他马上敷衍到："我没时间啊。我晚上的飞机。"

摸骨师说："那可惜了，我只是觉得李师会帮你的忙，你们会聊得很好，不过不要紧，你什么时候找他都可以的。"当场就把李师的电话说给李大为听。

李大为觉得很奇怪，为什么他一定要我去见李师，真的不是拉皮条做生意的那种热情？我现在需要什么帮助？我的事任何人都帮不了。哎呀，现在什么事情，只要跟陌生人有关，人的第一反应就是会不会是个骗局。李大为想。其实他打算在这个城市再待两天，如果他想见李师的话，时间还是很充裕的。

南山寺在宣城的西郊，跟其他寺庙不一样的是，那里没有开发成旅游目的地，没有公交车，要去南山寺，得坐出租车或者黑车。第二天早上，李大为上了出租车，一路奔向郊区。司机是个话痨，以为李大为是个信徒，一上车就跟他介绍南山寺："南山寺很灵的，很多大人物都来。一般香客来南山寺，主要求姻缘。"

不是说佛能普度众生吗？应该是什么问题都能解决吧，不可能只解决人类的婚配问题吧，李大为觉得司机故弄玄虚。

李大为说："大人物还求姻缘？"

"大人物也是人嘛。这男人女人的事，是最最让人头疼的，不求行吗。"

司机这么一说，李大为觉得更滑稽了，我还求什么姻缘啊，这辈子我最后悔的事情就是结婚生子，一大堆麻烦事。很快他醒悟过来，怪不得司机刚上车的时候很怪地看了他一眼，司机肯定是认为这个人老大不小了，还去南山寺求什么姻缘，是二婚还是三婚。

"哦，是得好好求一求。"李大为说，他想，不会是有情人终成眷属最终都属于佛的功劳吧。术业有专攻，南山寺的和尚主导婚姻，也是很有意思的事情，如果真是这样，也是功德无量，他们会不会因此动了凡心？李大为想到这里，笑了起来。

"你不信？"

"我觉得很有意思。"李大为不能说信，也不能说不信，只好这样说。

"你不信就算了，但是你不能笑话佛。"司机很严肃地说。

"我没有笑话呀，我是觉得有意思，清心寡欲的和尚为凡夫俗子的婚事操心，会不会动了凡心。我是因为这个笑起来的。"李大为说。

"听你的口气，你不是去求姻缘的吧，如果求姻缘，就不会这么说。"司机说。

"是的，我是去看风景的。"李大为说。

"怪不得，你对佛教还真不了解。不知者不怪罪。"司机说。

李大为哭笑不得，这才注意到，出租车上，简直是个小型的庙宇，门两边上方贴有金色的佛像，方向盘前还有观世音的坐像，连车中的后视镜也挂有佛珠。李大为想，俗人对偶像的崇拜，也有一股子世俗的力量。

"真不能笑话他们，我是亲眼看见的，有一次我去南山寺烧香，进来一伙人，恭恭敬敬地磕头、烧香，几分钟后，又进来一个人，没有烧香，也没有磕头，可能他跟他们是一伙的，说他们浪费时间，磨磨叽叽，都过了吃饭时间了还在这里弯腰撅屁股。他说你们上当了，只有活人管死人，没有死人管活人的，省下点香钱还可以买啤酒喝。这一下，报应来了，头上的一块牌匾，这时候就砸下来了，划破他的额头，血流不止。这可是我亲眼看见的，如果牌匾再偏一点,砸中他的头,可能就没命了。大概佛只是想警告他,佛并不是想要他的命,佛还是很慈悲的。”司机说,一副心服口服的表情。

“是吗,这也太神奇了。”李大为说,他想,这大概是巧合吧,司机是宁可信其有,如果像司机认为的那样,这些年来他一直都没有进入寺庙,真的算是件值得庆幸的事情,因为他难免贪、嗔、痴,难免心中动过对其他香客不屑的心思,他不进去,佛都没机会找他算账。

“所以啊,你到南山寺后,可不要动什么不恭敬的心思。”司机说。

“那是肯定的。我可不想死。”李大为半开玩笑地说。

“你就好好逛吧,那里还真有好风景,有山有水有树木,完全可以开发成森林公园。”司机的话题暂时离开佛。

“那为什么还不开发?”李大为问。

“你想想,如果开发成森林公园,又是开路又是炸山,坏了佛门清净,而且每天很多人涌进来,没准就不灵了。还有一种说法是,南山寺不让搞,政府也觉得不缺游客的几个钱,在这个地方,有一座寺庙,里面有一群和尚在修行,这就够了。”

“如果这样的话,政府真是功德无量啊,现在哪一座庙宇外面,不停有旅游大巴。”李大为说。

“那是,所以啊,南山寺还是非常清净的。你还可以住在那里，有吃有住。”司机说。

这倒是很新鲜，李大为很惊讶：“是吗？现在还有那么好的寺庙？”

“这是很早以前就传下来的规矩，古时候，南山寺经常住着那些远道而来的香客和赶路的过路客，虽然条件不是太好，有地方挡风挡雨总比风餐露宿强，你说是吧，所以那里一直都住有各种各样的人。住的都是可怜人。”司机说。

住的都是可怜人，这一回司机说到自己心坎上了。

下车之后，还要走二十分钟的石板路，李大为想，这个南山寺真是孤傲得很啊，拒绝与外界对接，要来南山寺见佛，还真不容易。听了摸骨师的话，本来自己不当一回事，完全可以像以前那样，毫无目的地来，毫无目的地去，管他什么南山寺北山寺，但最终还是来了，摸骨师的话还是有些魔力呢，这到底是为什么？用司机的话说，都是可怜人啊。反正自己现在游魂一样，去哪里都是去，这些空虚的日子，先好好打发。至于跟李师见面，虽然有些期待，但终究还是无所谓，如果说还有点不一样的感受，那就是自己将第一次进入佛门净地。李大为想，我是不是过于认真了呢？以往那种对不感兴趣的人和事本能的拒绝，已经深入骨髓，所以自己坠入虚空，多多少少觉得有一些罪过。管他呢，反正过了几天，又得重新回去拥抱“火热”的生活。

当当当，南山寺的钟声在前方响起，他看见鸟群从树木上腾空，朝钟声响起的地方飞去，好像听懂某种召唤一样。钟声一直响，更多的鸟群腾空，大白天百鸟归巢，也算是一件稀奇的事情吧。李大为加快脚步。越往前走，石板路就越宽，这个时候，他闻到树木的气味，他站住，李大为觉得自己的麻烦就要来了，这是刚刚剥掉皮的樟树，气味很浓，李大为想，如果再往前走，他的胃，肯定翻江倒海。怎么办？也不能返回去了，像往常一样，他从口袋里掏出毛巾，将鼻子嘴巴遮住，在后脑勺打了一个结，又继续往前走。

终于，他看见人了，两个人，一男一女，穿着短袖，戴着黑色的人造革围裙，正在剥树木的皮。男的剥粗一点的树木，他手拿砍刀，先轻后重，树皮便没过刀片，他停下来，两手抓住树皮，反方向拉，边拉边走，拔河一样，一长条的树皮就这样垂在他手上；女的剥小一点的树木，她双手握锤子，锤树木，将树皮锤松，然后拿小一点的砍刀，秀气地削，树皮便在她的刀下一点点剥落。他们在石板路的旁边忙活，李大为经过的时候他们停下来看了他一眼，大概是因为他的这个装扮有些特别。李大为朝他们点点头，匆匆往前走。李大为想，他们不是要在这里造房子吧，他听说终南山中有很多人在那里修行，这里会不会又是另外的一个终南山。司机说南山寺这里也住着各种各样的人，指的也许就是他刚刚见到的男人和女人吧。

远离了新鲜木头的气味，李大为解下毛巾，他快步走，他想知道那些鸟群都飞到哪里，毕竟是他来到这里时看到的第一个大动静。拐了两个弯，视野越来越开阔，几座庙宇错落在山中，不新，红的白的黑的，都褪了颜色，新鲜的是那些树木，南方的树木根本不知道季节是什么样子，一年四季，从头绿到尾，一条道走到黑。李大为原来以为那些循着钟声而来的飞鸟会落满寺庙的屋顶，叽叽喳喳，像参加某种仪式一样。李大为没有看到鸟儿的影子，那些在钟声中腾空的鸟儿，其实就是从一片树林飞往另一片树林，这是它们生活的一部分，钟声不过是可有可无的点缀，其他声音，一样能让它们飞翔，它们根本就不是在听从什么召唤。这样一想，李大为平静下来，开始寻找来这里拜佛的香客。

香客不多，三三两两，在李大为的视线中晃动，离他最近的一间庙宇只有两百米，但是他看到的香客确实在最高的那一座庙宇附近移动。

他一下子不知道该怎么办。是直接去找李师吗？他从来没这样找过陌生人。天还很早，他决定先在附近先走一走，司机不是说这里住有"各式各样的人"吗，他想去看一看到底都是什么人住在这里。反正先随便走走，如果是香客，我们就各走各的，如果是住在这里的"常客"，我就上去搭讪，香客和常客，我还是能分出来的。他想。

这个时候，李大为突然发现这几座庙宇错落在山间，被小路串起来，真像一道长长的闪电。他突然想起好朋友刘水。哎呀刘水，我现在看东西，都像是一道闪电。他想。他看一眼被闪电串联起来的庙宇，脑子被刘水的模样所占据：黑色的西服，白色的衬衣，擦得锃亮的皮鞋。那是躺在殡仪馆里的刘水的模样。哎呀刘水，可惜我不信佛，要不我真要到庙里找和尚给你超度。因为你，我就是走路，都感觉走在一道闪电里。

李大为的好朋友刘水是个天象迷，尤其迷恋闪电。他买房子买最高层，就是为了方便雷电天气到来的时候观测闪电。“大为，那种撕裂，那种咆哮，太美了。”“大为，你不觉得它击中你的灵魂了吗。”有两次，李大为还被邀请到他家里，他俩穿着雨衣，爬上楼顶，看一道道闪电在空中抽打，刘水兴奋得直嚷嚷：“太美了，你不觉得它击中你的灵魂吗！”李大为不觉得闪电美在哪里，有的只是害怕，他害怕那些闪电，不知道什么时候会朝他抽过来。后来，刘水在海南被闪电击中……也不知道，死后的世界有没有闪电，李大为曾经梦到死后的世界：暗红色，不管是人还是物，纸片似的镶嵌其中，轻轻滑动，那样的地方，不会有闪电吧，观测闪电，最好的地方还是人间吧。刘水，委屈你了。刘水是他的好朋友，他死后，李大为就没有可以说上话的人了，他现在游魂似的外出，大概也有刘水的一份“功劳”。

“请让一让。”一个男声。李大为回头，刚才在路边剥树皮的男人和女人一人扛一根木头跟在他身后，他挡他们的道了。扛的不是他们刚剥掉皮的木头，从颜色上看，应该是晾了好久。他俩砍树剥皮，然后扛晾好的木头回南山寺，他们肯定是这里的常客。

女的有点吃力，她扛的那棵木头只比男人肩上的木头小一点儿。李大为说："我来帮你扛吧。"

女人说："好啊。"倒是爽快得很，木头马上从肩头立在地上。"我也是累了啊。"她脸红扑扑的，挂着汗水，不好意思地笑着。

男人说："我叫你不要扛嘛，你偏要逞能。"之后目光跟李大为的目光对上，笑着说："谢谢你，兄弟。"

李大为上一次帮助别人还是在五台山上帮女同事背佛像，这一回在南山寺帮一个陌生女人扛木头，他突然变得快乐起来。他好久没有这种感觉了，是因为负重吗？一根木头压在肩上，台阶在脚下一级一级地往后退，体力慢慢消耗，到底吃得消还是吃不消？他已经很久没有关心自己的体力了，想的只是关键时刻不要掉链子啊，一定要把这跟木头扛到目的地啊。他没有问他们这根木头要扛到哪里，只要前面的男人没有停下，他就一直走下去。他脑子里突然蹦出"劳动改造"这个词，以前那些犯人，被罚干重活，不管犯什么罪，只要人困马乏，多余的念头会被榨掉，只剩下身体。现在自己就是这样，只剩下身体。不过我现在是快乐的,他想。“你对这个世界有什么用?”他想起少年的讥讽。“去他妈的。”他在心里骂了一句。虽然思维还在刘水的“闪电”上走,但是帮助人的感觉,还是很美妙的。

“大哥,你没事吧,你觉得累了你就吱声,我来扛。”女人在后边,她抱着李大为的双肩包。

“没事,不是很沉。”李大为说。

前面的男人说:“你是来上香的吧?不会耽误你给菩萨烧香吧?”

李大为说:“不要紧。耽误不了,现在还早着呢。”他们把他当香客了。李大为说:“这里香火不是很旺,倒是很清净呢。”

“初一、十五人会多些,现在的人啊,拜佛都到交通便利的地方,恨不得刚下汽车就到佛跟前。”男人说。

“现在什么事都讲究方便快捷,这里确实很偏僻,来进一次香不容易。”李大为想到在车上司机说的政府不希望把南山寺开发成旅游景点的事,又说:“不过这样也好,清净一些,出家人就可以安心念经修行,走远路来进香的人也显得心诚。”

“是的,这才是寺庙应该有的样子。”男人说。

“你们是这里的居民吗?”李大为问道。

男人停下来,扭过头,目光越过李大为,看李大为身后的女人。男人女人会心一笑,男人说:“是的。这不,正要建房子呢。”

“我猜就是,你们在路边干活的时候我正好从那里经过。看见你们剥树皮，就想是不是在建房子。”

“你是那个用毛巾裹鼻子嘴巴的人？”女人说。

“对呀。”

“害得我笑半天呢，觉得奇怪，这里空气很好，你为什么这样。”女人说。

“没办法，我气味过敏，只要太浓的气味，都会引起身体的不适。”李大为说。

“哦，你是来求医的。”女人说。

“就算是吧。”李大为说。李大为把自己无意中去摸骨师那里，摸骨师介绍他来这里找李师的事跟他们说了。

“是吗？我们也是摸骨师介绍来的。”男人说。

“是吗！”这回轮到李大为惊讶，原来他们跟他一样都是过路客，看来这个李师还真有“魔力”啊。

“李师有恩于摸骨师，摸骨师想多介绍点香客过来，就这么简单。”男人说。

“你们是喜欢上这里了。”本来李大为想问他们为什么留下来，但觉得那样不好，就改口了。

“是啊，没准你也喜欢上这里。”女人说。

李大伟想，身边的这一对男女，他们究竟是什么样的人，什么原因使他们喜欢上这里？

“是啊，没准我也喜欢上这里，到时我也砍树木建房子，跟你们当邻居。”他说。

三个人都笑起来。

还好，不是到闪电的尽头。半山，庙宇旁边一块平地，散乱着建房用的材料：木头、沙子、石头。李大为学着男人的样子，肩膀一抖，树木就掉在地上，跟男人不一样的是，男人肩上的木头稳稳当当就落在木头堆里，而李大为肩上的木头掉下来后，还朝他滚过来，害得他往后退了好多步才躲开。

送佛送到西，再也没有理由跟他们聊天了，李大为告辞。男人说：“我带你去见李师吧。”这回轮到李大为紧张了，想到要去庄重肃穆满是塑像的地方见一个高僧，青灯黄卷，木鱼声声，完全是另外一种场域。说佛？我不懂。说我那点破事？怪不好意思的，佛会不会笑掉大牙？

“去见李师，我该注意点什么？该说什么好？不瞒你说，我从来没跟宗教界人士打过交道，连庙宇的门槛也从来没进过一次。”

“小时候也没有烧香拜佛？”男人问。

“没有。”

“啊，看来是走投无路了，病急乱投医。”男人脱口而出，但是马上就笑了，“开个玩笑，你不要在意。我帮你约他吧，你不用到庙里面，你害怕佛祖呀观音呀菩萨呀，你就不用到庙里去找他，让他来找你吧。”

“我纠正一下，我可不是怕啊。”李大为说。

“反正有顾忌就是怕，没事，我以前见陌生人脸就红，那就是怕。你进到庙里你肯定会紧张，那也是怕。”说完掏出电话，开机，还没有打，手机滴滴答答起来，全是短信、微信、QQ 的声音。男人无奈地摇头：“听到这些声音，就烦，那是人间的消息。”

人间的消息，这个男人和这个女人，得有多烦那个“人间”，才来此地砍木头建房子。

男人打电话，用的是方言，厉害，他跟电话那边的人还是老乡。男人说：“李师现在就过来。”

“你跟他是老乡？”

“不是。”

“那刚才……”

“他可厉害了，好多地方的方言他都会。说得还挺好的。”

“厉害。这年头当和尚也真不容易。”

“你看，他来了。”

循着男人的手指，在“闪电”的一端，一个穿和尚服的人飘在路上。有风，所以看起来像飘。

还有五十米，李师就哈哈哈哈地笑了：“这个瞎子，又给我介绍香客来了。”

男人轻声对李大为说：“他就是个笑面僧，他会跟你见面熟。”

这下李大为踏实下来。李师走近李大为。李师圆脸，脸色不怎么好，猛一看是白的，仔细一看是青的，有仙气，架着副眼镜，镜片还很厚，不是什么老师父，是跟李大为一样的中年人。李大为双手合十，他以为李师也会双手合十，然后口念阿弥陀佛或者说善哉善哉。没想到李师把手伸过来，李大为刚刚合上的手赶紧松开，右手伸了出去，两人握手，李师的手像棉花一样软，手腕上还戴着块手表，超出了李大为对和尚的想象。

"你好啊。"李师握着李大为的手说。

"你好李师。"李大为说。

"走，跟我喝茶去。"李师说。

李大为瞄了一眼男人。男人说："李师是让你跟他去喝茶，不是带你去庙里烧香拜佛念经。"

李师说："是的，我不会带你去烧香面佛，我带了好茶。"说着从和尚袍里掏出一个塑料袋，里面是黑乎乎的茶叶。李师说："是南山黑茶，自己制的，非常好喝。我们走吧。"说完扯着李大为的衣袖要他跟着走。两个人走了几步，李师又回头招呼男人女人："你们也一起去吧，两个人喝茶太单调，人多喝茶才好玩。"李师这样说话，不像个高僧，而像个喜欢呼朋唤友喝茶的痛快之士。

四个人往"闪电"的另一端走。李大为以为李师的茶室会是庙宇旁边的某间小屋，没想到李师的茶室就是山间一个茅草盖的小亭子。亭子正中央摆着张石桌,桌子上方吊着个大篮子,李师摘下篮子,里面装有烧水用的开水壶,他取出水壶,把篮子放在一边,揭开水壶的盖子,从里面取出小紫砂壶和茶杯摆在石桌上,熟练得就像魔术师从百宝箱中取物件。之后,低头弯腰,从石桌底下拉出一个炉子,又拉出一小捆干柴,烧茶用的家伙都齐了。

“我去打水。”男人说。离亭子不远的地方有一条小溪,流水声哗啦哗啦响。

“我来烧火。”女人把炉子和干柴提到亭子外边,在周围找了些枯草和小树枝,男人正好提着水壶回来,从口袋里掏出打火机递给女人,女人收拾好一把枯草,打火机伸到枯草下面,哒的一声,火苗蹿起来,手中的枯草噼里啪啦燃烧,这下炉子里就有火了,女人又把枯叶和小树枝松散地盖在火苗上面,火一下子就蹿了很高。最后是干柴,女人刚把干柴放到炉子里,男子的茶壶就稳稳当当地压在上面,浓烟舔着茶壶,火好像要灭了似的,这个时候女人把头低到炉子的通风口,使劲吹,吹啊吹啊,浓烟变成火舌,欢快地燃烧。

男人说:“你生火生得很熟练了。”

女人说:“还不是练出来的。”

李师说:“生火算什么,都会建房子了。你们俩真厉害。”

女人说:“多谢李师夸奖。”

李师说："现在是五月，到八月，房子就建好了。"

男人说："自己建房子，这是以前我想都不敢想的事。"

"事在人为，跟刚来的时候比，你们真的变成山里人了。"李师是笑着说的，好像在面对一件好事。

听他们对话，李大为脑子里出现男人女人在路边剥树皮的场面，还有两个人扛木头在路上走的情形。他们为什么到这里建房，他们真的是来修行的吗？

大概李师觉得他们三个人对话冷落了李大为，马上把话题转到李大为这里。这个时候他们四个人已经围着石桌坐下来，李师跷着二郎腿，看起来很悠闲，他对李大为说："我刚刚见你的时候，就觉得你很面熟，我好像在哪里见过你？"

"是吗？"

"你是哪里人？"

"邕城人。"

"对对对，是邕城。"李师好像突然记得在哪里见过李大为那样，说，"你们邕城人长得都差不多，眉骨很高，清瘦，看起来干干净净。"

"李师到过邕城？"

"我到过邕城，邕城很漂亮，到处是鲜花。印象最深的是坐公交车，那里的人都喜欢给老人让座，有一回，我坐公交车，有高中生还把我当老人给我让座，大概他们以为和尚都是老人吧，弄得我挺不好意思。"李师说。

四个人都笑了起来。

"李师到邕城是干吗去的？是化缘去吗？"李大为说。

"不是，我是去看亲戚去了。我有一位婶婶在邕城，生病了，我爸爸叫我去邕城看她。我那是第一次去邕城，对邕城印象很好。"李师说。

李大为对佛教的了解有限，认为出家人一般都是断了尘缘，一心向佛，不理世俗的事情，但这位李师不光是听佛的，还听尘世中的爸爸的，真是一个好和尚。他的好奇心又上来了。觉得李师尘缘未断，跟他聊天，还挺轻松的。

"李师不光去探望生病的姑姑，农忙时还回老家帮家里人割麦，见小时候的朋友。"男人说。

李师不好意思地摸着光头，"我就是放不下他们。每一次回去割麦子，我爸爸妈妈都高兴得不得了。"他说。

"这是不是违反佛教的规矩呢？跟俗世的瓜葛未断。"李大为说。

李师说："所有的规矩，都应该为众生而立，人心都是肉长的，和尚也一样。我是谁生的，我父我母啊，他们在尘世间，要面对衰老疾病死亡，我能扔下他们不管吗？现在我回家割麦子，就像你们每年春节都要回父母家一样，麦子熟了，我爸我妈就可以见到我了。再说了，佛何等慈悲，不会跟我爸爸妈妈抢儿子。”

“李师爱佛，也爱他爸爸妈妈，他一样关心世道，什么医保啊，农村城镇化啊，凡是跟他爸爸妈妈有关的事，他都了解。”男人说。他对李师好像很了解。

女人说：“李师是既要念经，也要学习国家政策，怕自己的爸妈吃亏了。”女人说，看来平时他们和李师没少聊天。

“是这样啊，我以为你们一天到晚就是面壁打坐，苦心修行。”李大为说。

“其实我跟你一样。只是我在这里，你在邕城。”李师说。

李大为听不懂李师话里的意思，我怎么跟他一样呢，我尘世间一个受苦的俗人，被各种各样的俗事缠绕，太多烦恼，他怎么跟我一样？一年到头就回去帮家里割一回麦子。

“你跟我不一样，太不一样了。”在李大为看来，佛遥不可及，大概在佛那里，距离会成为问题，佛看得见人间，未必看得见每一个人。就是说每一个个人，在佛那里，大概是模模糊糊的吧，所以啊，这人世间的事，到底还得自己扛。至于信佛的人会怎么想，他从来不关心。他还是第一次离佛这么近呢，不过既然来了，他也很想听听李师说佛，我来这里的目的就是听他说话。

这时候水烧开了，男人去提，李师把紫砂壶的小盖子掀开，男人往里面倒开水，李师盖上盖子，将四个小杯子聚在一块，端起紫砂壶往茶杯淋热水，石桌热气腾腾，石桌上凿有水槽，热水沿水槽流到地上。一紫砂壶里的热水浇完，李师从和尚袍里掏出装有茶叶的塑料袋，抖开口子，掏出茶叶，又一次掀紫砂壶的盖子，往里放茶叶，男人往壶里倒满水。李师盖上盖子，之后把四个杯子摆在每个人面前。

“你喜欢喝茶吗?”李师问李大为。

“我平时不喝茶，渴了就喝水。”李大为回答。

李师说：“如果你不习惯，你也可以喝白开水。”

“好，我喝水吧。”李大为说。他不喝茶，喝白开水，三个人都觉得很意外。

李大为以前就不怎么喝茶，自从得了胃病，受不了辛辣浓烈的气味之后，就更加不喝了。这下有些麻烦，茶泡在紫砂壶里，白开水在烧水的壶里，还好石桌足够大，摆得下一大一小的壶，三个喝茶的用一把小小的紫砂壶，一个喝白开水的独占一个大壶。这样一来怎么往一个小小的杯子斟水就成了问题，李师先帮李大为斟水，他双手提开水壶，慢慢朝茶杯倾，但是力量拿捏不好，手一抖，一股水柱直冲向茶杯，他急忙收手，水太急，把杯子给冲倒了。李师哈哈大笑。三个俗人也哈哈大笑。

女人说：“我来吧。”

男人赶紧把杯子扶正，女人屏住一口气，大家都紧张地看着她，热水在四个人的目光中缓缓流出，轻轻地注入茶杯，女人手一抬，刚刚好，小小的茶杯竟也装了一杯白开水。

李师说："还是你厉害。"

李大为说："哎呀，喝杯水都不容易。真是谢谢你们。"

女人说："你放心喝吧，你不要因为壶大杯小倒水困难就不喝，你喝了我再给你倒。"

李大为这个时候突然觉得自己在这里被好好地对待，第一次有融入这里的感觉，到底是什么原因？那是因为他们三个人，给他感觉太好了：一对要在这里安家的男女；一个孝敬菩萨、也孝敬父母，佛祖心中留、父母也心中留的和尚，他们看起来都很舒服。李大为也知道这些感觉只是瞬间，属于虚无中厚实的那部分，他跟他们很快就没什么关系，他们只是他这一趟无聊旅行中的过客，尽管这样，他心里还是很感激。包括那个介绍他来这里当香客的摸骨师——他大概很失望，他介绍的人是个从来不烧香拜佛的俗人。

"谢谢，我还真的很渴。"李大为拇指和食指捏住茶杯，拿起来在嘴边吹，然后轻轻啜，水还是很热，他又放下杯子。三个喝茶的也跟他一样，拿起杯子吹了一圈又放下。

"李师，你到这里多久了，为什么来这里？这里香火不旺啊。"李大为说。

"我佛学院毕业就来这里了，有十年了吧，为什么来这里？我也是服从分配，跟以前大学生服从分配一样。"

李师说完，几个人都笑起来，原来当和尚一点都不神秘，就像到一个新单位报到一样。

“香火旺不旺不重要，重要是有佛在，寺庙不是汽车站，不能比人多人少。人多还是人少，佛都欢喜。”李师说。

“李师，我很想知道，你是怎么跟佛结缘的，我特别佩服有信仰的人，你怎么下决心学佛修行？这很了不起。”

“我入佛门，是我爸的主意，小时候我太调皮了，我父母就把我送到离家最近的庙里，相当于现在城里的兴趣班。结果，我喜欢上这种生活，所以说，兴趣是最好的老师。后来慢慢长大，考上了佛学院，就成了职业和尚。”

李师这么一说，三个俗人又笑起来了。但笑之后，女人神情有些落寞，是走神的那种落寞，被李大为看见了。

李师也看见了，李师说：“对不起对不起，我不小心说到孩子了，罪过罪过。”他双手合十。

李大为不解，为什么不能说孩子？

女人说：“没事的，没事的，李师，那是另外一回事。我想到你说的，就好像看到你小时候的调皮样，我也乐了呢。”女人摇头，强露笑脸。

男人看到李大为一脸茫然，跟他解释：“我们家孩子现在还在医院，等我们在这起好房子，就把他接来。李师说到自己小时候，她就想孩子了。”

原来如此，两夫妇要在这里建房子，是为了孩子。

李师说："都是可怜的人。"

"都是可怜人"，李大为心头一震，摸骨师这么说、司机这么说，李大为心里一直都这么说，现在，李师也这么说。

李师眼睛闪亮闪亮，竟有眼泪，这是一个怎样的和尚啊，说笑就笑说哭就哭。他确实是一个可爱的、慈悲的和尚。而且，用一个眼下很流行的词来形容，李师是一个很接地气的和尚。

男人说："哎呀李师，你别这样，我们家孩子很快就出院了，到时还少不了麻烦你呢。"

女人说："就是，你不是也说了吗？有多可怜，就有多有福。我们也都是有福之人啊。"

"是啊，我们都是有福之人。你们家孩子，也是。"李师擦掉眼泪，轻轻说道。

这时候，李大为心中起了波澜，他们三个人的对话，使他隐约感觉到一个故事的轮廓：夫妇两人，为了孩子，准备苦修。这背后有着怎样的故事啊。他们的孩子，到底是怎样的一个孩子？内心的波澜反映到表情上，就变成对一个未知事件的迷茫。

"看把你给弄糊涂的，其实也没什么，我跟她吧，现在的状态，是既要为孩子活着，也是为自己。"男人手指女人，又指自己，对着李大为说。

"是的，我们现在心里特别坦荡和充实，什么也不怕。"女人说。

“你们真的要带着孩子在这里生活?”李大为说。

“是的。”女人说。

“我们是有罪的,一开始都想不要他。都想他快点死才好。”男人说。

李大为心头一惊。这对男女慈眉善目,没想到也藏着狠,他们为什么不想要自己的孩子?

女人说:“李师,如果当时我们不要这个孩子,现在肯定会后悔,如果那样的话,你现在会收留我们吗?”

李师说:“我不知道。”

李师的回答使李大为大感意外,一般和尚在他心里,都是能解答“十万个为什么”的高人。原来也有不知道的时候。对犯罪的男人女人,佛难道不该包容吗?

李师说:“要修现世啊,要修现世。”

要修现世。李大为是听得懂的,就是一个人修为,不是为了来世,而是为了现世,大概佛对一个作恶者,是不会原谅的吧。所以李师说他不知道。

李师说:“我很感谢那个瞎子,他老是觉得我这里冷清,老是给我介绍香客,可是来这里的,没几个人信佛。”

男人和女人相互看一眼,不好意思地笑了。“确实,我们不去烧香拜佛,你也不赶我们走。”男人说。

原来这夫妇俩也跟李大为一样，从不烧香拜佛，他还以为他俩是俗家弟子，为了孩子来这里苦修。

“原来我们都是一路人。”李大为说。

“是啊，李师还对我们这样好。”女人也这样说。

李师用手挠挠头，像做好事不留名但最终被人发现那样羞涩，“南山寺历来都这样啊，烧香也好，不烧香也好，首先都是个人嘛。只要想留下来，南山寺都欢迎。”李师说，“信与不信，又有什么关系呢。”

这个李师太好了，不因为他们不是信徒就拒绝他们，不拒绝他们，也不向他们“布道”，李大为突然觉得一股暖流，这个李师一点都不像和尚，就像平平常常的一个好人。

“不管信佛还是不信佛，我都喜欢跟你们这些陌生客在一起，我平时念经，空闲时出来跟你们喝茶，听你们聊一聊自己的事情，也很好，你们也是在帮我的忙啊。”

当、当、当，寺院的钟又一次被敲响，这一次没有鸟群飞起来。南山寺的鸟群，一天只飞一次。

男人说：“几个月前，我也是像你今天这样，在棚子里跟李师喝茶。”

李大为说：“他是个好和尚，我根本没把他当和尚。而是一个平平常常的人。”

“对，当初我也是这个感觉，我们俩之所以想留下来，还真是因为他呢。他身上超越宗教的人情味吸引我们，正好我们也走投无路。”

“一个人对另外的一个人太重要了。”李大为说。

“是的，我们都太慌乱了，都需要另外的那一个人，李师就是这样的一个人，跟宗教没关系，我们跟你一样，都不信任何宗教，现在是这样，以后也是这样，但是李师我就是觉得亲。”

“你刚才说了，是超越宗教的人情味。”李大为说。

“可能这是最大的信仰吧，你看，我们跟他说我们不要自己孩子的事情时，他、他……”

“他怎么了？”

“他竟同意了，他想让我们解脱。让我们突然感觉到，我们在做这个决定的时候，灵魂是不在场的。”

说话的时候，已是晚上。李大为之所以留下来过夜，完全是想听听男人说说他自己。没准有一天，自己要来这里跟他做邻居。他们两人躺在帐篷里，太黑了，男人的声音在夜晚缓缓流动，李大为听得惊心动魄。

男人第一次看见自己孩子的时候还是醉酒状态。

因为预产期是一周以后，他有点大意，跟朋友喝酒去了，为庆祝他一周以后当爸爸，每个人都跟他喝好多杯，最后他瘫在桌边,妻子的电话还是朋友接的。朋友在他耳边吼:“你当爸爸了!你当爸爸了!”爸爸这个的词让他酒醒了三分,他又是喝茶又是喝酸梅汤,灌得后来在朋友摩托车上的他像只水桶一样。他进到产房的时候,孩子已经出世。因为是早产,又是剖腹,孩子一出世就进了保温箱,连妈妈都没见到。妻子正在输血,他浑身酒气闯进来,“男孩还是女孩?”他问。

“你快去找医生,打了麻药,孩子我都没见着,医生也在等你呢。”妻子气若游丝,脸上有怨气。

在医生办公室,医生先是盯着他看了几秒,他感觉情况不对,果然,医生说:“新生儿状态不错,就是有点小问题。”

男人心就慌了,他还在醉酒状态,以为自己是在梦中,晃了晃脑袋,医生说:“哎呀,怎么喝成这个样子。”医生要给他倒水,他说:“不用,你告诉我孩子怎么了。”

“你现在是清醒的吗? 我跟你说你会明白吗?”

“明白,明白,你尽管说。”

“你先跟我来。”

从医生办公室到护理室 50 米左右,男人跟在医生后面走,恨不得跑起来。一块透明的玻璃把他们挡在护理室外面,他们只能从这往里看。好在这块玻璃离保温箱很近,能看清楚里面的婴儿。

“从左到右第三个保温箱,是你儿子。”

他眼光对着第三个保温箱，儿子是紫色的，头朝着他，这时他被吓着了，儿子不像其他保温箱里的婴儿，他的面部，隆起来，眼睛鼻子嘴巴，几乎凑到一块。

“怎么会这样？怎么会这样？医生，医生……”男人慌乱起来。没想到自己的孩子长成这个样子。

“你儿子先天畸形，这还不是主要的，我们怀疑他得了先天性水脑，就是俗称的先天性脑积水，这个病，治疗起来会费些力气。你要面对，既来之则安之。”医生说。

要不是医生扶着他，男人肯定就瘫在地上，他摇头，“医生，你确定第三个保温箱是我儿子吗？”他说。男人的第一反应是希望他们抱错了孩子，第一个和第二个保温箱里的孩子，容颜安详，在睡着呢，他希望他们中的一个是自己的孩子。而第三个保温箱里面的婴儿，整个表情，像是在面对一场灾难，他不相信那是自己的儿子。

“你不要怀疑，这可不是开玩笑的，这是要负法律责任的。你先冷静下来，然后我们再商量，如果我们的判断没有错的话，接下来怎么治疗还要好好商量。当然了，你先得告诉你妻子，她还不知道呢。好吗？”

男人这个时候就像掉在冰窖里，周身发麻。他酒完全醒了。“医生，我想跟你聊聊。”他说，他不知道其他人面对这样的事情时会怎么办，他想从医生这里得到更多的支持。医院里的灯光从来没有这么惨白过，他仿佛听到白瓷盆里那些手术器械被人拿起来又放下去的冰冷的声音，那些声音全部都冲着自己，响个不停。

医生说“好”，医生用怀疑的眼光看着他。

又一次来到医生办公室。“我怎么这么倒霉，胎检时都没查出来。”男人说。

“这属于低概率事件，让你碰到了。”

“医生，我……你明白的，这孩子……将来……肯定很难，从……出生到……现在，也刚几小时，我……不知道，他、他算不算……一个……一个生命。”男人很艰难地说这些话，眼睛根本不敢看医生。

“当然算了，打他在娘胎里就算了，国外很多国家都禁止堕胎的。”这个时候，医生突然觉得男人话里有话，急忙问道，“你想怎么样？”

“医生，我接受不了，这是灾难你知道吗，这是灾难！”男人情绪有些失控，“我们就想过正常人的生活，我们可以过不上正常人的生活，但这孩子他得过呀，他以后怎么生活？他会有大麻烦。”

“是你怕自己有大麻烦吧，你是不想要这个孩子才这样说的，是吗？”

男人求助的眼神望着医生。

“你是想借我的手把孩子处理掉，是这样吗？”

男人低下头。

“亏你想得出来。你不是跟我谈孩子以后该怎么治疗，竟然第一时间想要我把孩子……你想快刀斩乱麻是吗，你是这样当爸爸的吗？太冷漠了吧。”医生说，大概医生觉得自己话说得太狠了，大概他也觉得这个父亲碰到这样的事情绪容易失控，他拍了拍男人的肩膀，开始可怜起他身边的这个人。

“对不起，我话重了点，你先冷静下来。”医生说。接下来，值班室死一般的沉寂，白瓷盆里的那些手术器械被人拿起又放下的声音重新在男人耳边响起。男人看起来更可怜了。

“可能，换成我，我也会这么想。我理解你。”医生说，“我也听说有些医生会听家属的意见把孩子……可我做不到，对不起。”

孩子就这样活下来了。

一个月后，伤口刚刚愈合的女人抱着他们的孩子坐在车上，男人开车，目的地是南山寺所在的宣城，他俩此行的目的，是想把孩子给扔了。

一个月来，夫妻俩备受煎熬，他们都觉得不能再这样下去了，决定要把孩子，扔在远离他们居住地几百公里之外的宣城。

一路上，两人全程无交流，一个像出租车司机，一个像冷漠的客人。孩子哭了，就停车，喂他喝牛奶，他们走走停停，傍晚的时候到达宣城。他们打听到宣城福利院的地址，是在比较偏僻的城郊。他们转了一圈之后,把车停在离福利院一公里左右的荒地上,像是来这里自驾游的驴友,想等深夜的时候实施他们的计划。

月亮升起来了,一条瘸着腿的老狗来到车边,因为要透气,男人把车窗摇下,狗就隔着车窗跟他对视,是一条流浪狗,瘦得不成样子。大概是饿了,男人把包子扔给它,它一张嘴巴就把包子吞下去,一连好几个都是这样,后来大概是吃饱了,就躺在车门边。这里太偏僻了,根本没人看到一辆车和一条狗在这里。时间静止了一样,好像在屏住呼吸要看人间这场离别戏。

深夜两点,女人给孩子喂最后一回牛奶。男人下车,狗跳了起来,在他脚边嗅来嗅去。男人打开汽车的后备厢,取出装孩子的竹篮提到车门边,铺上毛毯。男人打开车门,从女人手中接过孩子,放到篮子里,再盖上小棉被。男人提着篮子往福利院方向走,那条狗在后面一瘸一拐地跟着。

半个小时后,男人回来了,女人这个时候哭了起来,不敢大声哭,用手掌捂住嘴巴,身子不停地抖。男人把她揽过来,紧紧抱住她。两个人平复自己的情绪,上车。车子正准备起动,不远处,狗的惨叫声传了过来,有人在拿棍棒打狗,是往死里打的那种,男人以为是偷狗的人在袭击流浪狗,没想打狗人的声音这时候和婴儿的声音跟狗惨叫的声音混杂在一起,打狗人喊:“叫你吃孩子!叫你吃孩子!”男人赶紧推门跳下车,飞奔而去……

“冤枉那条流浪狗了，他闻出孩子身上有我的味道，咬住篮子，从福利院那里一瘸一拐地朝我们停车的方向拉，是想把孩子带回给我们，被晚上游玩回来的两个中年人当成正在啃孩子的疯狗打死了。”男人说。

李大为一惊，说：“天啊，这样的事情，说给别人听别人会说是瞎扯。”

“可这是真的，从那时起，我就下定决心，无论如何我们都要跟孩子在一起。”男人说。

我们总不能连条狗都不如吧。这是李大为心里想的，他没有说出来。

“后来遇到李师，我们把这些事都跟他说了，李师说万事如流水，如果当初在医院我们狠心不要这孩子，他也不会说我们狠。李师说，如果你觉得难，就说明你们就是弱者，弱者有逃避的权利，就是孩子也不能把自己的‘难’强加给你们，除非你们觉得孩子跟你们在一起是喜悦的，否则你们可以选择放弃。他太了不起了。我和妻子现在觉得，我们跟孩子在一起是有大喜悦，不管他身体是健全还是残缺。孩子正在医院治疗，我爸爸妈妈在陪他，等房子建好了，我们就接他来这里。”男人说。

“那为什么选择在南山寺建房子？”李大为问。

“我们一家三口，想在这里重新开始。不管以后有多难。”在帐篷里，男人对李大为说。

幸运的武松

这些年来,我每隔三四十天就回一次老家,除了春节、清明节这两个传统的节日是回乡的“规定动作”外,我回乡的“自选动作”全是我哥给定的。

可以自豪地说,在往老家跑这件事上面,我比我的好兄弟黄骥强多了。

我和黄骥同一天进副刊部,他胖我瘦,他高我矮,我曾跟他开玩笑:黄骥,跟我走在一起,你的虚荣心是不是很容易得到满足?他笑呵呵地回答:这个城市治安不好,站在你身边,我像不像个不离不弃、随时为你挡刀的保镖。除了长相比较“搭”,两人都不思进取,不喜欢咧着嘴对领导笑;喜欢夜酒,喜欢啤酒炒粉烤串,喜欢给各地不知道漂亮还是不漂亮的女作者打电话:你好,你这篇散文如果去掉一些形容词就更好了……他娶护士,我娶医生,都是医院的家属;在这个城市,都有些人模狗样,一口气憋久一点,腰杆子绷直一点,猛一看就像“中产”。

对,我们是那种不禁看的“中产”。

看到我经常往老家跑，黄骥觉得不可思议：你也真是的，老往乡下跑，难受不难受啊，是想把你哥的土鸡土鸭吃完？你跟你哥哥，真的那么亲？

我说，真的那么亲。

我父母已经故去，俗话说长兄为父，我哥跟我说什么，就是我爸跟我说什么。

有一次，我哥说，弟啊，最近我老梦见妈妈，你回来吧，我们给她烧烧香。我把手中的香烟摁灭，出了办公室的门。感觉一缕烟雾还绕在唇边，而我的车已拐出邕城日报社的大门。

妈妈的脸模糊不清。我三岁的时候妈妈没了，我只记得妈妈死后，我们几兄妹坐在家门口的石阶上，天上打雷下雨，一道道闪电抽在我们身上。后来，我只记住闪电，妈妈的面孔记不住了。

关于妈妈的记忆，全在我哥那里保存。

我妈妈死在县城的医院里，那时候没通公路，没办法回乡安葬，就葬在县城附近的土岭上。

我们那个地方，一个人死了，要安葬两次：第一次是临时安葬——等肉身羽化，只剩下骨头，就把骨头洗净放到坛子里；第二次安葬，算是永久性的安葬，也不能算永久性的安葬，如果谁家诸事不顺，会被认为是亲人在那边过得不好，那就要去“探坟”。所谓探坟就是去看亲人的骨头好不好,如果干燥、泛黄甚至发红,那就没事,如果潮湿、惨白或者发黑,那就得重新找地方第三次安葬。

我哥十五岁的时候,跟他的好朋友世荣去县城的土岭上,把我妈妈的骨头捡起来放到坛子里。当时我妈妈几乎是躺在水里,我哥哥一面哭一面拿酒精拭擦,在坟边生一盆火,把妈妈身上的水汽烤干,再小心翼翼地把她装在坛子里背回家第二次安葬。后来,他又怕我妈妈在那边过得不好,几年后又去探了一次,是最好的那一种,便从此心安。

因为妈妈过早去世,她成了我们几个孩子在人世间最大的牵挂和念想,想必妈妈也一样,她走的时候我们多小啊。

家里神台上常年香火不断,案前三个酒杯:第一杯酒给妈妈倒,第二杯给爸爸,第三杯给所有的祖宗。哥哥是那个守在家里的人,是经常在神台前倒三杯酒的人。所以他说弟啊,最近我老梦见妈妈,你回来吧,我们给她烧烧香。我二话没说就回来了。

烧了香倒了酒,哥哥的一帮好朋友来到家中,其中就有世荣。他的脸已经皱了,越来越像树皮。当年他带我哥去县城旁边的土岭上捡我妈妈的骨骸,刚二十出头,我哥哭,他也跟着哭。我每次回家,哥哥都叫他来吃饭,他很少说话,默默地喝酒,他们说好笑的事情,他也不笑。他的酒量是越来越小了,一桌子的人,每人一瓶“丹泉米酒”。以前我回家,世荣还能喝一瓶,后来，一次比一次少，现在二两他就醉了。他不喜欢说话，什么时候醉的根本看不出来，喝着喝着突然就歪倒在饭桌边，没有一次不被人抬回去。每次回乡跟哥哥的朋友们喝酒，世荣什么时候醉，是最大的悬念。我曾跟哥哥说，他每次都这样，那他不知道提前回去吗？非得每次都被人抬回去。哥哥说，他就喜欢这样，如果提前劝他走，他会有意见的。

看见我，世荣点头笑了笑，转身去帮我哥摆桌子，他手上得有活，这样在我家才显得从容。他独身，在街上做“花窗”卖。所谓花窗，就是水泥做的窗户，图案是万年青。我曾去看他做花窗，一个正方形的木框，镶上万年青的模子，然后拿水泥浆去填。他叼着一根烟，乜斜着眼，拿铲刀在模子里插、抹，漫不经心的样子。十分钟不到，一个花窗就做好了。他的师傅是他哥哥世新。世新脾气大，经常打弟弟，水泥浆灌少了，一个拳头就擂过来，有时躲得开，躲开了也没用，反正躲开了还有第二记；有时躲不开，打在胸脯上，世荣就拿手去揉，满脸都是委屈。世新烦心事太多，以前打弟弟是因为娶不上老婆，后来打弟弟是因为超生，接连生了两个女儿后他没有收手，谢天谢地，第三个是儿子。工作队怕他再生，要他去结扎，他害怕，心烦，所以经常打弟弟。后来世新去找卖草药的志宏，求吃了能让血压升高的药。真求到了。吃了几服药，血压就上去了。在我们那个地方，高血压根本就不是个病，但是工作队不敢不把高血压当病，他们叫世新躺在手术台上，一量血压，又让他回家。工作队不甘心，每隔十天半个月就找上门来，带他去医院，每次量完血压，医生都不敢动刀。世新为此得意了很久，经常拿来炫耀，说自己对付工作队有一套。后来，他死于高血压引起的心梗。他老婆带两个女儿改嫁，儿子炳坤由世荣带着，现在已经长大。有一次炳坤半夜肚子疼，在地上打滚，世荣以为他家门口的那棵碗口粗的树冒犯了神灵，连夜叫我哥跟他一起砍树。我哥说先送炳坤去医院，然后再砍树。我嫂子和街上的几个女人负责送炳坤去医院，我哥和世荣负责砍树。天亮的时候，树砍倒了，炳坤依然在医院的床上哭爹叫娘。镇上的医生说你们该怎么办就怎么办吧，意思是赶紧回家给炳坤准备后事。世荣瘫在地上，脑子突然就错乱了，一下子哭一下子笑。我哥给我打电话，我说赶紧送炳坤来邕城，不要耽误了。街坊阿富开他的柳州五菱送炳坤来邕城，我哥和世荣跟着。医院床位紧，幸亏我是医院家属，炳坤一到医院就住进病房，就有好医生过来诊断。他很危险，得的是胰腺炎，幸亏送来及时，要不就没命了。世荣对我很感激，在酒桌上经常只说一句话，幸亏有小果，要不然炳坤就死了。

小果就是我。

一桌子的人吃饭，因为是我哥哥梦见我妈妈我才回来的，所以桌子上的话题就跟我妈妈有关，跟我家的事情有关。

他们问我你还记得你妈妈的样子吗？

我说记不得了。这时候我心里马上掠过一道闪电。根据他们的话,我慢慢拼贴出关于我妈妈的一些事情。

枪一响,她就抱着你往后门跑。这是我哥说的。1967 年,我出生的那一年,镇上“武斗”,经常有枪声响起。

我哥说,我们家以前没有后门,就是为了躲,才挖了一个后门。

我家的后门歪歪地开在靠山的那一面,那是一条逃生的通道。枪声一响,我妈披头散发,疯了似的往后门跑。

她原始人一样。

她唱歌很好听,哄你睡觉时就哼歌。野马镇没有一个女人哄孩子睡觉时哼歌,都是拿鬼来吓小孩子睡觉。你妈妈真是太好了。在旁边看我们喝酒的八婶说。

她从来没跟街上的人红过一次脸,跟人讲话细声细气,怕惊着脚底下的蚂蚁。八婶说。八婶很夸张,她怎么知道人的声音能惊着地上的蚂蚁?

我已人到中年,我找不到我作为一个孩子缩在母亲怀里睡觉的感觉。更多的时候,我感觉我小时候缩在母亲怀里睡觉的权利被无情地剥夺了;更多的时候,一想起这个画面我身上就起一层鸡皮疙瘩。同时,我也想象不出我妈妈哼歌的样子,她说话的样子。我对她一无所知——野马镇唯一一个唱歌给孩子听的女人,他们说得再怎么具体,听起来好像说的不是我妈妈,说的是别人的妈妈。

你姐姐长得像她。八婶说。

我姐再怎么长得像我妈妈，我都不能把她往妈妈身上靠。妈妈就是妈妈，姐姐就是姐姐。很久很久以前，我就这样想：我是一个冰河里的孩子，之所以能活下来，是因为有哥哥姐姐。可他们也同样是冰河里的孩子啊。还有很多人，包括世荣，他们都是冰河里的孩子。

他们说到我爸爸，他在外地工作，每个月寄 15 元钱回家，我都已经长大他才回来。

……

他们更多的是说我哥哥，他们说他，一个了不起的男人，你们家的顶梁柱，没有他就没有你的今天。

我哥说，喝酒喝酒，废话少说。

后来我就喝醉了，我比世荣先醉，他还没倒在桌边，我就醉了。

给妈妈烧个香我都回家，所以我比黄骥强。

这一次，我哥又叫我回家。这一次回家不是烧香，而是打架。

我哥不是武大郎，我也没有一个漂亮的、名叫潘金莲的嫂子，但是我哥把我当武松了，我身体这么单薄他还把我当武松，估计是被逼急了。

我哥说,我被人欺负了。

我说谁?

韦海。这回你要回来帮我打他。你行不行啊?他说。

韦海,他以前是我哥的好朋友。

我以为我哥喝多了,叫他慢慢跟我说,韦海是怎么样欺负他的。以前我回家,家里的饭局还有韦海,后来就没韦海了,有一次我问韦海怎么没来,没有一个人回答我。他果然跟我哥反目成仇了。

我哥没喝酒,他清醒得很,在他"坑坑洼洼"的叙述中,我理出了他要我回去揍韦海的原因。

韦海以前跟世荣一样,蔫,话少,每时每刻都像做错了什么事那样,不敢跟人对视。他做木工,手艺不错,我哥结婚用的柜子还是他打的呢,现在还在用。当然这是以前的事了。后来他去县城帮税务局人事股长打家具,人事股长又推荐他帮税务局局长打家具,局长见他手艺好,又老实,就留他在饭堂干活。勤快、老实、穷,是大家对他的印象。勤快、老实、穷,这还不足以打动局长,在局长周围,看起来勤快老实的人多了去了,谁真谁假局长根本懒得去判断。韦海之所以能在税务局立足,是他为局长立了大功。局长的爸爸患阿尔兹海默综合征,老是记不得回家的路,有一次走丢了,税务局的人以及局长的亲朋好友,几乎把县城能找的地方都找了个遍，两天两夜都没有找到。局长高血压住进医院，所有的人都心灰意冷，私底下都认为凶多吉少，都希望出现奇迹。果然奇迹出现，第三天傍晚，韦海把局长的爸爸背了回来，那场面，简直是王者归来。这个韦海，别人找局长的爸爸是沿着大街小巷找，他呢，是去县城周边的山上一个岩洞一个岩洞找，这跟他是木匠有关系。在我们野马镇，他经常被请去山上看木头，哪根木头能打什么样的家具，他心里清清楚楚。所谓的匠心独具，说的大概就是韦海那样的人吧。局长的爸爸失踪，很奇怪，他首先想到的是老人家会不会爬到哪个岩洞去了？他想跟别人说，但又怕万一不是在岩洞里找到，那样他们会小看他。他避开所有的人，踩着自行车一座山一座山地转，一个岩洞一个岩洞地找，终于在县城附近绿岑山的岩洞里找到两天没吃饭，饿得发抖的老人。局长问他爸爸，爸呀，你怎么跑到岩洞里去了？局长的爸爸说，我上楼梯，我上楼梯，我们家的楼梯好高啊。弄得大家都笑起来。这个山洞，别说一个老人，就是一个后生仔爬上去都很费劲，局长的爸爸“上楼梯”也真算是件了不得的事情。更加了不得的是韦海，他立了一大功。从此，他成为局长家饭桌上最重要的陪客之一；从此，他的人生开始滋润：先是工人编制，然后是干部编制。后来，他坑坑洼洼扯了张文凭，穿上制服了。我记得当时回家时我哥还拿他来炫耀，他的好朋友终于有人在衙门里了。

我哥说，这个野仔，他以前多穷啊，我们家的碗，都被他拿得脱了一层皮。

我哥的比方很生动，没去县城之前，韦海经常来我家吃饭，他喜欢跟世荣坐在一起，两个人性格一样，酒量也一样。两个人的命不一样。

我哥说，以前裤子都可以换着穿，现在来收拾我。你说，他该不该打？

韦海收税，开始在其他地方收，大概他沾染上吃、拿、卡、要的坏毛病，调到家乡野马镇之后，这种毛病像毒瘾一样改不了了，凡是给他好处的，他睁一只眼闭一只眼；凡是没给他好处的，他就往死里收。我哥开了个商店，仗着以前跟他是好朋友，什么好处都没给他不说，还经常喊他的小名，我哥以为韦海还是以前那个把我们家的碗拿得都脱了一层皮的人。他不知道韦海现在已经不跟我哥这样的普通老百姓吃饭了，跟他吃饭的人，都是派出所的人、工商所的人、医院的人。我哥曾在背后说他，如果日本鬼子还来，韦海肯定是第一个到街头给日本人带路的汉奸。我哥说这话是有原因的。韦海当干部后不理睬我哥这样的老朋友，就像宋朝时刚刚进宫的高俅不理睬以前的拜把子兄弟一样，他自然就被我哥当成叛徒来看。这话传到韦海耳朵里，他生气了，我哥好处没给他不说，还经常喊他的小名，还说他是汉奸，对待我哥，他开始铁面无私起来，我哥的税，他就往死里收。说往死里收也有点夸张，只不过一样的铺面，我哥的收得多，其他人收得少。我哥不交，他威胁我哥要叫执法队来拉我哥的东西。我哥以为他只是吓唬吓唬，不敢动真格的，没想到，韦海真的叫来税收执法队，把我哥的半车鞭炮，拉去当税了。

我哥说，拉去的鞭炮，他们几个人转身就给私分了。春节的时候，韦海家的鞭炮是镇上烧得最多的。他烧掉的鞭炮，全是我的，你说，他该不该打？

我哥埋怨我，当初让你去当领导秘书你不去，偏要进什么报社，如果当领导秘书，韦海敢欺负我吗？他敢上我们家的楼拉走我的鞭炮吗？

当初我在县里的广播电视局当记者，县委办想调我去给领导当秘书，我喜欢文学，有点清高，看不上那份工作，就没有去。后来《邕城日报》招聘记者编辑，我考上了，离开了县里，我哥还觉得我很牛×，四处跟人炫耀。

在我哥不停地问我韦海该不该打的时候，我脑海里出现一伙人在我哥楼上搬鞭炮的情形以及他们转身就把我哥的鞭炮分了的情形。这些乡村恶霸，现在欺负到我哥头上了。欺负到我哥头上，就是欺负到我头上。

我的血往头上涌。我扔掉手中的香烟，走出了办公室。我要马上回乡下，我要替我哥出一口恶气。

还在正月里头，天上飘着细雨，楼道里的人没精打采。没听到这个消息之前，我也跟他们一样，整个人懒懒散散。很多天一直都在饭局里泡，脑子花里胡哨。现在，坏消息给了我一记耳光。我因为搬家，在新房子里过春节，没有回乡下，所以不知道我哥被韦海欺负的事情，我哥之所以没在节前告诉我这件事是想让我先过好春节。可以想象，他的这个春节过得多么的窝囊。

我非常难过。

高高大大的黄骥迎面走来，他的手里提着一袋龙眼，龙眼应该是夏天才成熟，现在的大棚技术，春天就可以吃到龙眼、西瓜、梨。他发现我不对劲，问我，你怎么啦？脸色很难看。

我哥被人欺负了，我要回去打架。我说。

一个中年人口中说出打架这两个字，效果就像赵本山念政府工作报告一样。尽管这个时候我胸中有一团怒火。

果然，黄骥笑了起来。

打架，可是需要本钱的哦。他说。

我知道他什么意思，我突然觉得灰溜溜的，好像韦海带人当着我的面抄我的家而我无能为力恰巧又被黄骥看见一样。我不满意地瞟了他一眼。我上一次打架还是在广播电视局当记者的时候，在夜宵摊，县城街上的一个小混混欺负我们单位的摄像记者，我当场敲烂一个啤酒瓶，抵住他的喉咙。

一晃二十年了，我打起精神，怒火像头怪兽一样又驻扎在心里。

黄骥高大的身躯挡在我前面，我说，闪开！

他闪开，我气呼呼地走着，感觉后面跟着一个人，没等我扭头，黄骥在我身后说，打架，我跟你去。

真是我的好兄弟，关键时刻站了出来。要知道，他很少回老家，他父母双全，如果他想他们了，就叫他弟弟把父母带到邕城住几天。我曾问他为什么不愿意回去，他说，有事情才回去，没事情回去简直就是扰民。他说他一回家，爸妈就紧张，生怕他吃不好睡不好，问这问那，把他当成远方来的客人，每一次返城，他妈妈都哭。这我理解，黄骥少小离家，爸妈已不习惯有他在身边，他一回去，就是件大事，搞得全家很紧张。这还不是最主要的，最主要的是他弟他妹过得不好，过去他一直没少支援他们，建房啊、侄儿外甥读书啊之类需要用钱的事情，他一直都不含糊。但是后来他媳妇小苏慢慢地就不高兴了。他曾经跟我说，回去也不能帮他们做些什么，索性不回去，没脸回去。这个高大的男人说这话时眼含泪光，可以看出他和他弟弟妹妹的感情也非同一般。

他说打架我跟你去，一股暖流涌上我的心头。有他在，我的底气和信心一下子爆棚。我也不跟他客气，直接就说好。他想反悔也来不及了。

他提着那袋反季节龙眼，上了我的车。我一踩油门，车子就拐出邕城日报社的大门。我火气大得很，车开得飞快，一面跟黄骥说韦海是谁谁谁,他先前怎么样怎么样,后来怎么样怎么样,其实就是为了跟黄骥说明,韦海是一个值得我们走195公里高速,再走50公里机耕路去痛打的一个坏蛋。为此,出城的时候我闯了一个红灯,黄骥也不劝我,任由我左冲右突。出城需要半个小时,我滔滔不绝地说了半个小时,说到我妈死得早,全是我哥把我带大,我们家怎么怎么样……我都说不下去了。

黄骥接过我的话,他说,这种人你还真不能跟他讲道理,这种人就该用最原始的方式收拾。小果,你知道我现在什么感觉吗?

什么感觉?

就他妈为民除害的感觉,我感觉自己特别悲壮,我发现自己终于能为这个社会做点好事了,你知道吗!

黄骥把这件事情上升到为民除害的程度,让我始料未及。开始我以为他这么说是要我打消欠他人情的顾虑,毕竟,帮人打架跟欠人钱不一样。后来觉得不是这样,我感觉他一下子亢奋起来了,听口气就像是感谢我给他找了一个当义工证明自己还有爱心的机会。

黄骥说,我都觉得自己过得太窝囊了,行尸走肉。现在,我觉得我还有一点点的用处。

他说的用处就是跟我回乡揍韦海。黄骥以前写诗,他有那种很浓重的自我批判情结,经常在自己的诗歌里批判自己,后来不怎么批判了，就改写情诗。他跟我说他自己过得很窝囊，让我感觉以前那个喜欢批判自己的黄骥又回来了。

我跟他两个人经常喝夜酒，有时候，两个人一晚上都不说一句话，啤酒的泡沫在杯中破灭，疲惫的身体在夜色中暗淡。喝完夜酒各回各家。有时候也聊天，聊什么呢，聊我们报社的种种不堪。聊媒体上的“软暴力”（在这个方面，电视台尤其严重，有一次在电视上，一位出镜记者在介绍一起车祸，她把车祸遇难的人比喻成“夹心饼”，看到这里我非常的愤怒）。聊我们未来的老年生活：黄骥说，如果能活到七十以上，假如到了需要人照顾才能吃喝拉撒的地步，那好，绝不麻烦儿女亲朋，马上启动“自动销毁程序”，就像一些机密档案馆里安装有自动销毁装置那样。跟黄骥不同的是，当我们谈论社会上的种种不堪的时候，我慷慨激昂，就像说别人家的事，而黄骥呢，说起这些事情的时候垂头丧气，“恨不抗日死”。他比我有情怀。更多的时候，我们混在一群文人中间，感觉是在一个被抽空空气的容器里，吹牛聊天，兴奋得面孔变形。是的，一个大大的被抽空空气的容器，是文人的主场，也是一个时代的夜场。

黄骥说，我们这个群体，是这个社会最没有用的群体，最没有活力，最没有创造力，最他妈势利、最他妈委曲求全的一个群体。

黄骥说的“这个群体”我知道是指什么，这个群体，就是像我和他那样的人。

黄骥这样说之后，我觉得这一场架非同小可，是关系到光明能否战胜黑暗、正义能否战胜邪恶的大事，是挽回“一个群体”岌岌可危的声誉的大事，是证明我们“还有一点点用处”的事情。我受黄骥的情绪所影响，此时也感到悲壮起来，高速公路的风景飞快地往后退，我的车现在是一架出征的战车。我和黄骥，这次不单单收拾欺负我哥的西门庆，连为害乡里的蒋门神也顺带一起收拾，今天，西门庆和蒋门神是同一个人。

黄骥说，勇气比才气更重要，当时代需要文人的才气的时候，我们一点都不弱，但是当时代需要我们的勇气的时候，我们人在哪儿呢？

黄骥说，我们缺勇气，为什么这样，除了贪生怕死，人世间太多的诱惑消磨了我们的斗志。当然，这也不能怪我们，人各有志，比如说革命，革命从来都是少数人的事情，多数人都是向往温柔富贵乡……小果我跟你说，我他妈就想当少数。

我说，你是少数，那我至少也是觉悟者吧。

黄骥说，你不算很纯粹的觉悟者。

为什么我不算？

黄骥说，你是为了你哥，如果你哥没被人欺负，你会觉悟吗。

也对，如果我哥不被人欺负，我干嘛觉悟啊，吃饱了撑的。

我说不会，我还是向往温柔富贵乡。

黄骥说,我早看出来了小果,你也没什么错。对了,小果,我告诉你,今天真出了什么事都跟你无关啊。我只不过搭了你的便车。我现在马上写一份声明。

黄骥从包里掏出纸和笔,哗哗地写了起来。

黄骥说,我的声明很短,只有一句话:黄骥打人和任何人无关。小果,到时候你告诉我谁是韦海,就行了。

他这么一说,我开始担心。我担心我控制不了黄骥,我原来的意思是回去揍一顿韦海,既帮我哥出口气,又可以显示文人的血性,仅此而已,最多被拘留十五天。而现在黄骥把自己当革命者来看,我觉得这件事情有点偏离我的初衷。特别是他说这件事跟我没关系,这就更加不简单了。我知道黄骥,关键时刻他是豁出去的。我怕他跑到野马镇,一面打韦海,一面高呼打倒"土豪劣绅",那事情就闹大了。黄骥啊黄骥,他大概写情诗也写烦了,今天这件事情,突然就点燃了他胸中的野火。

黄骥,你不能那样,我现在后悔把你带回去了。我说。

哈哈哈哈,你现在后悔也来不及了,到前面服务区,你可以放我下去,你不带我去,我不会自己找车去吗。黄骥说。

他这么一说,我就更加害怕了。不行,我得阻止他。我的态度发生了 180 度的大转弯,从对韦海的愤怒,变成怎么阻止黄骥前往野马镇。

我想了几种办法都觉得不好,只好采取拖延的办法:我提前下高速，沿着一条不知名的二级路走了一段，然后又拐上一条机耕路，让黄骥觉得，我正在把他带回野马镇……

一直折腾到天黑，我才对黄骥说，黄骥，我们迷路了。

……

野马镇那边，我哥准备了一桌菜等我，菜都热了好几回我都还没到，其间他不停地给我打电话，没打通，当时我正带着黄骥，在不知名的机耕路上颠簸。我哥非常失望，招呼几个朋友吃饭，一面吃一面骂我，劝都劝不住。

那天夜里，十点多钟的光景，韦海就被人捅了，捅他的人是世荣。世荣体力不支，打不过早已肥头大耳、一身横肉的韦海。他拿着做花窗用的铲刀，一捅就捅破了韦海的肚子。

在这之前，他去找他的侄儿炳坤，他要炳坤去教训韦海，替我哥出一口气，炳坤不敢，他就自己动手了。他动手的时候，我的车正陷在泥坑里，等待过路车辆的救援……

后来，世荣被判十年，我和黄骥去看他，他苦笑着看我们，什么话也不说。

黄骥的妻子小苏有一天对我和黄骥说，好险啊，你和黄骥真幸运啊。黄骥说闭嘴，我欠了人一笔大大的人情。小苏说凭什么你欠啊，要欠也是小果欠。小苏当着我的面对黄骥说，以后你少跟小果来往，他是个危险分子。黄骥没有听老婆的，我们依然经常在一起喝啤酒吃炒粉烤串。我们很多时候不说话，啤酒的泡沫在杯中破灭，两具身体在夜色中暗淡。

后来，韦海伤好后被调往县城，不敢再收税，专门管饭堂。

后来，我哥不再叫我回乡，我主动回去，他对我也非常冷淡，好像我不是他的亲弟弟。

一直到现在。

你要长寿，你要还钱

夏天，杜松领到15万元的征地补偿费，存折上的油墨还没干透，杜枫就找上门来，一进门，他就骂："他妈的，你那块地，才补15万，这不是打发叫花子吗，你说，政府黑不黑？"

杜松没觉得政府黑，相反，他还想感谢政府，他那块地撂荒很多年，现在突然有15万元送上门，这是一件天上掉馅饼的事情。如果不是政府决定加高乐滩水电站的大坝，把野马镇列为库区，他的那块地，怎么变也变不出那么多的钱。当初镇上的人去镇政府闹事，他就没有参加。不但不参加，还说政府的好话，他害怕镇上的人这么一闹，地征不成，那他的损失可就大了。他胆小，什么事都往好的方面去想。杜枫也知道杜松有这个特点，他曾经在很多人面前说："杜松这种人，顺民，把他放到解放前，他不会闹革命，放到秦朝，也不会跟陈胜吴广走。他这个人啊，就是吃亏，也觉得没什么大不了。"

在杜松家，杜枫又重复一遍："你说，政府黑不黑？"在野马镇，骂政府通常是人们聊天的开场白。

"黑不黑关你什么事。你领政府工资还骂政府,小心你的饭碗。"杜松说。

杜枫是个刚刚退休的小学教师,家中就他和他老婆,一儿一女都在外地成家。征地的事跟他一点关系都没有,他喜欢发牢骚。乐滩水电站加高大坝,野马镇变成库区,他是有意见的,他认为加高水坝,除了淹没大片土地之外,还把野马镇乱石滩风景区也淹没了,他在小学里教美术,乱石滩两公里奇形怪状的石头对他来说简直是天下最美的风景。

骂政府杜松不接茬,杜枫就骂镇政府的干部:"这帮狗×,哪一个不在镇上买了地建了房,你说,他们哪里来的钱,张卫,一个副乡长,老婆什么都不做,还要供两个小孩读中专,如果是我,早就饿死了,吔,起了四层楼,你说,如果不贪污,能这样吗?还有黄精忠,管教育的副乡长,也是老婆什么都不做,他镇上有房子,县里有房子,南宁还有房子,人称黄三套,你说,他哪里来的钱,如果不贪污,南宁的房他买得起?他们两个人,老婆什么都不做,还那么有钱,狗×。"

"老婆什么都不做。"是野马镇的口头禅,意思是干部的老婆没有工作,也不做农活,什么经济来源都没有,靠老公养活。镇上的人怀疑谁贪污腐败,"老婆什么都不做",就是最直观的证据。

"他们肯定贪了征地补偿费。要不然你那块地肯定不止 15

万。”杜枫总结道。

杜松的两个女儿在县上工作，老婆去帮大女儿带孩子，一周回来一次。他也种地，种离家较近的地，远一些的地他撂荒。不干农活的时候，他看电视，或者是听像杜枫这样的人来他家骂政府，骂干部。

杜松说：“哥，人家有钱是人家的，管他烧杀掳掠，坑蒙拐骗，只要不搞到你头上，管那么多做什么。”

杜松的爷爷和杜枫的爷爷是亲兄弟，到了他们这一代，虽然血管里的血杂了很多，他们还是觉得亲。

杜枫继续说：“现在的世道是各人顾各人，你也不要烦我骂他们，有什么好处他们首先想的是自己。他们吃肉，给你喝汤就不错了，他们你指望不了，得自己想想办法呀，你现在过得好，以后怎么样就不好说了，万一有个三灾六难的你怎么办？要想法子挣点钱。”

原来骂政府、骂干部真的只是个开场白，劝杜松挣钱才是今天的主题。

时间再往前推半年，冬天，刚刚退休的杜枫把十万元住房公积金转到自己的账户上，回到家，屁股还没有坐稳，王木就找上门来了。王木是杜枫老婆王柳的亲哥，跟朋友在南丹开矿，发了点小财。以前杜枫想辞职不当老师跟他去南丹开矿，他不答应，为此杜枫生了很久的气。

王木来到杜枫家,跟他谈生意经:

“杜枫,这个世界,脚底下铺的都是钱,就看你有没有本事捞。当时我为什么不让你参与,是因为那个时候我们挖的是铁矿,知道吗?铁矿,不是南丹主要的矿藏,挖着挖着,说不定哪天就没有了。我之所以从铁矿入手,一是转让费不高,我干得动;二是想先入这一行再说,等条件成熟了,就去挖锡矿。南丹锡矿多啊,挖到一条矿脉,给个省长都不干。挖铁矿不行,挣的只是辛苦钱,风险大,收入小,所以我不想让你参与。”

在野马镇,矿老板的地位要比乡长高,只要你是一个矿老板,你的背后,说不定就有一个比乡长大的官。王木顶着矿老板的头衔,连杜枫都觉得自己沾了光。在学校里,老师们聚在一起说野马镇谁谁谁最有钱,少不了说王木,嘴巴说王木,眼睛却看杜枫,好像说的就是杜枫。杜枫在学校的地位,因王木提高了很多。他喜欢骂政府,骂干部,除了性格使然,王木妹夫的身份也使他说话时多了些底气。

王木在南丹的情况杜枫从妻子王柳那里知道一些,王木心很大,把赚下的钱又都投到挖矿上,这么多年过去,他还是在挖铁矿。

“现在,机会来了。得跟铁矿说再见了。”王木说。

杜枫心头一震:“不挖铁矿了?王柳说你还在搞铁矿。”

“不挖了。王柳的情报不准确。”王木说。

“改挖锡矿了？”

“不，搞稀土。”

“稀土？”杜枫不知道什么是稀土，王木说稀土，杜枫想到的却是当年生产队灰不灰粉不粉的磷肥。“你改做化肥生意了？”他说。

王木说：“什么化肥生意，不懂就不要乱说。稀土你都不懂，亏你还是个老师。稀土，属紧缺资源，人造卫星、航空母舰、洲际导弹，都少不了稀土，稀土国家卡得最严，不像锡矿，是个老板就可以搞。”

听他这么一说，杜枫觉得自己的好事就要来了，他隐约觉得王木要拉自己搞稀土。他马上就有一种做强做大的感觉。

王木说：“我费了很大的劲，才搞到开采稀土的许可证，发财的机会来了。那些开锡矿的，眼红得不得了。”

杜枫恨不得现在就跟王木去南丹，他说：“我现在退休了，有的是时间，你叫我做什么，我就做什么，煮饭都可以。”

王木说：“荒山野岭的，你去那里做什么，退休了，就该享享清福。”

杜枫脸色就暗下来了，以前挖铁矿不让他去情有可原，现在都搞稀土了还不让他去，也太不把他当妹夫看了。

“又不让我去？你是怎么搞的嘛？”杜枫生气了。

王木拍了拍他的肩膀，说："你不要生气，不是我说你，你这个人啊，急脾气，一般干大事的人呢，脾气都很急，可你看看你，还真的不像干大事的人。你说，是不是我一说到开矿，你就想到怎么去我那打工？"

杜枫点点头："对啊，就是这样。"

王木摇头："可惜了你一副急脾气。"

没想到急脾气在王木那里还成了宝，"你说，我的急脾气，是怎么个可惜法。"他说。

"如果我是你，听到'搞矿'这两个字的时候，我第一反应就是'什么时候我才能成为一个老板'，而不是马上有'怎么样才能去他那打工'这种低级的念头。"王木说，一副恨铁不成钢的表情。

"哥，老板不是想当就能当的，我还想当县长呢，可当得了吗。我呢，要求也不高，你搞稀土，大生意，我去帮你打理打理矿上的事情，一个月拿个千八百的辛苦钱，我就知足了，我都六十了你还想让我当老板，你说，我是当铁矿老板呢还是当锡矿老板？用后生仔的话说，就是60岁的老太太上台跳钢管舞——不自量力。"要说斗嘴，杜枫一点都不输。

王木笑了："你啊，就是给你一座金山，你也拿块抹布在上面抹来抹去，当自己是保洁员。好了，废话少说，我今天来呢，就是给你一个赚钱的机会。"

杜枫等着他往下说。

“是这样，老板你当不了，当股东总可以吧。”

“你叫我入股？”

“对。”

怎么当股东杜枫知道，他心里想，王木消息灵敏得很，如果他存折里没有这十万，他今天也不会登他的门。看来他搞稀土是真的，生意很大嘛，缺钱了。

“利息多少，什么时候分红？”

“月利息百分之三，每个月结一次。”

杜枫飞快地在心里算了一遍，如果他入股十万元，每个月就有三千元的收入，这几乎是王木又给他发了一笔退休金。

“好。”杜枫想都没想就答应了。他等王木带他玩等得太久了。

几天后，钱就转到王木的账上，王木给杜枫打欠条，直接把利息扣给杜枫，就是只转走九万七，但欠条却写十万。以后的每个月末，王木就会准时地来到杜枫家里，把三千块钱的利息交到杜枫手里。

半年后杜枫之所以到杜松家，是因为王木最近一次拿利息给杜枫时，跟他说，如果杜枫再帮他找股东，他可以把月息提到百分之四，前提是他只跟杜枫做交易，杜枫拉来的钱算杜枫入的股，利息怎么分给杜枫拉来的“股东”，是杜枫的事。他还给杜枫出主意，我给你百分之四，你给他们百分之二就可以了，这叫吃利差，很多银行都是这样干。

在杜松家，骂完政府，骂完干部，杜枫劝自己的同族兄弟杜松怎么样想办法多挣点钱。

他说："杜松，你最近听到关于我的闲话没有？"

杜松说："没有。"

"一点都没有？"

"一点都没有。"

"你真的是两耳不闻窗外事啊。"杜枫说。

为了拉到更多的"股东"，吃到更多的"利差"，杜枫曾经请隔壁家的陈东来他家吃了一餐酒。陈东喜欢打听别人家的事情，是野马镇的"新闻发言人"，人称"陈大嘴"，各种各样的消息在他这里综合，不到半天，野马镇的男女老少全都知晓。杜枫请陈东吃饭时，故意把自己跟王木搞稀土、赚了多少多少钱的事"透露"给他，他知道陈东这张大嘴，很快就把自己发财的消息传给野马镇所有的人。事实也是如此，这餐饭刚吃到一半，杜枫上了一趟厕所，回来的时候，他的电话就接连响了三次，都是跟他借钱的电话，每一个电话都有几分钟那么长。真不愧为陈大嘴，一泡尿的工夫，他就把消息发出去了。

"告诉你吧，我发了点小财……"杜枫把自己参与搞稀土，怎么当"股东"的事跟杜松说了。

"每月三千。就那么简单。"

接下来杜枫劝杜松入股。他把王木在他家说的话又说了一遍,当然他把月息降低为百分之二。

听杜枫骂政府、骂干部杜松没有心动,但是杜枫劝他怎么多挣点钱,他心动了。百分之二的月息深深打动了他。杜松想,如果我入十五万元的股,那每月就有三千元的利息,在野马镇,一个老师的工资也就是两千出头。

他没有马上答应,他说:"哥,我跟你说实话,我也想投,但是我又怕被骗。"

"你不相信我?"杜枫说。

"在钱的问题上,小心一点为好。"杜松回答。

"你连兄弟都不相信,你还能发什么财?!"杜枫气鼓鼓地走了。

杜松做事谨慎,他到镇上打听,所有的人都相信杜枫搞稀土"发财"了,杜松才慢吞吞地去杜枫家,让杜枫写欠条。

杜枫的欠条是这样写的:

借　条

今借到杜松人民币十五万元整。用途:开采稀土矿。

借款人:杜枫

2007 年 7 月 28 日

杜松只领了两个月的利息。王木就找不到了。王木欠杜枫二十五万元,杜枫欠杜松十五万元。

王木的妹妹,杜枫的老婆王柳对杜枫和杜松说:“王木哪里有本事开采稀土嘛,再说了,稀土没有锡矿值钱,他拿一个你们不晓得是什么样的矿来吓唬你们,为的是要借你们的钱。一年前他铁矿就挖不下去了。借高利贷,十个锅头九个盖,拆东墙补西墙,现在撑不下去,跑了。”

十个锅头九个盖,是野马镇的说法。要解释这句话,还是拿王木来举例,王木至少先后借了二十个人的钱,他打时间差,借这一个还那一个,不停地借不停地还,等到有一天,没人借给他了,倒霉蛋就诞生了。这两个倒霉蛋,就是杜枫和杜松,他们就是二十个“锅头”里,失掉“盖子”的“锅头”。

杜枫说:“你怎么不早点说,你这个野女。”

王柳说:“我哥和我嫂都是野马镇表演系毕业的,他们装得太像了,没有一个人看得出来。”

杜松说:“哥,我那十五万该怎么办?”

杜枫说:“你没听见王柳说吗,王木跑了。钱都在他那里,我也有十万在他手里呀。我也是受害者啊。”杜枫利息拿了好几万,损失不大,所以不怎么着急,几乎忘了自己十五万元的欠条就压在杜松家的箱底。杜松不一样,他只拿了六千元,十四万四千打了水漂。

杜松说:“他跑不跑不关我的事,钱是你从我这里拿走的,谁打的欠条我就找谁要钱。杜枫,我的十五万,不,百分之三的月息我也不要了,我的十四万四千块钱你什么时候还?”

“杜松,我们是不是兄弟,我跟你一样倒霉啊。”杜枫说。

“杜枫,王木还是你老婆的哥呢,兄弟又怎么样?你这样搞,是兄弟骗兄弟嘛。”杜松说。

“是王木骗了我们,你不要乱说,我怎么骗你了,你的钱没有在我手上嘛。”杜枫急了。

“你说拿钱去搞稀土,搞了没有?这不是骗人吗。”杜松喊道。

这下杜枫急了,他把怒火撒向王柳:“你看你都有什么样的亲哥哟,连我弟都骂我是骗子。”

杜松说:“十天之内,你得想办法还给我。”

“你叫我去偷呢,还是去抢?杜松啊杜松,你那块地政府低价给你十五万你还装出爱要不要的样子,现在你狐狸尾巴露出来了,钱就是你的命根子。王木跑了,我们两个人应该商量怎么去找他要钱才是,你现在逼我还钱,没有道理嘛。你我的爷爷,是不是亲兄弟?!逼兄弟要钱你最积极,别人黑,你怎么不敢吱声?”杜枫说。

“我的钱就是我的命根子，冤有头债有主，欠条是你写的，不是王木写的，也不是别人写的，我不找你找谁？这个时候你还骂别人，快点还钱！”

十天之后，杜枫自然还不了钱，从此之后的每一天，杜松都到他家去逼他还钱。杜枫家，每天都响起杜松慷慨激昂的声音。终于，杜枫忍受不了，犯浑了，他说：“要钱没有，要命有一条！”

杜松没想到杜枫如此不讲道理：“好好，你等着。”他不再上他家催债，一纸诉状把杜枫告上法庭。

说起来这还是邻居陈东的主意。杜松跟陈东说：“我哥杜枫太嚣张了，我的钱估计是拿不回来了。”

陈东说：“只要你下决心，钱没有要不回来的。”

“怎么下决心？”

“把他告上法庭。让法庭判他还钱。”陈东说。

“兄弟告兄弟……看来也只有这样了。陈东，怎么打官司我不懂，你要帮帮我。”杜枫说。

“我堂哥陈晓在法庭工作，我带你去找他吧。”

陈晓的家也在镇上，陈东带杜松去找他，陈晓说：“要告你们赶紧告，杜枫没准还借别人的钱。”陈晓的意思是，先下手为强，只要案件受理，杜枫一有钱，杜松第一个拿到。

法院立案后，法庭小宋去通知杜枫准备应诉，杜枫对小宋说:“这不是多此一举吗,他是我弟,如果我有钱,我会不还他吗。他告我上法庭,我就有钱还他啦?! 随便他告。”

小宋说:“你也可以告王木,现在很多人都告他。”

杜枫说:“他那个破鼓,我就不要去敲了。我这个破鼓,杜松要敲由他敲。”杜枫一副不在乎的样子。

开庭那天,杜枫也出庭了,他从头到尾一言不发,根本不当一回事,叫他签字就签字,法庭要他十五天之内还钱给杜松,如到期不还,拿房子抵押。

十五天很快就过去了,杜松来到杜枫家门口,一个大大的锁头,挂在眼前。

他的心凉透了,绕着杜枫家的房子走了一圈。陈东看见了,过来跟他打招呼:“杜松,散步呢?”

杜松不理他,继续绕圈。

杜松停下来:“你说,就十五万,怎么就跑了呢,人家王木,几百万才跑。”

“他还不起钱,又舍不得拿房子抵押,不跑才怪。”陈东说。

“陈东,这怪不得我,十五万,不是小数目。这是我的养老钱,以后我生个病吃个药,还指望这些钱呢。”杜松说。

“他的这间房子,最多值十五万。”陈东又一次说到杜枫的房子,他是想试探杜松是不是真的想要杜枫的房子,因为兄弟告兄弟拿房子抵押债务,野马镇是第一例。

杜松没有吱声。陈东想，毕竟是兄弟，这种事杜松下不了手。

过了一会儿，杜松说："桥归桥路归路，欠债还钱，天经地义。实在没有办法，该怎么样就怎么样。"

陈东知道杜松说的"实在没有办法"是怎么一回事，"杜枫很可怜，60 岁还当丧家狗。"他说。

杜松叹了一口气，说："都是钱闹的。"

陈东把杜松的话传给野马镇的每一个人，说你们等着看吧，杜松迟早扒了杜枫的房子。在这之前，王木已经"享受"这样的"待遇"，他家的房产证，已押在银行，房子等着被拍卖，那些借钱给他的人，把他家值钱的东西都抢光了。抢王木家的时候很多人都在现场，他们都觉得王木很可怜。现在轮到杜枫，他们想看杜松怎么对待杜枫。

杜松知道镇里边的人都想看他怎么做。他自己也很矛盾，如果不到法院执行庭申请执行，十五万块钱肯定拿不回来。他分别给杜枫的儿子和女儿打电话，说你们能不能想办法帮你们的爸爸把钱还了。杜枫的两个儿女在外地成家，应付各自的生活都还有点勉强，帮父亲还钱那是不可能。所以电话那边多是沉默。杜松一咬牙，该怎么样就怎么样！

杜松去找陈东，他说："我要去法院执行庭申请执行。"

陈东说："除此之外，还有一个办法，敲掉杜枫家门口的锁头，门外张贴‘此屋出租’，联系人写上你的名字，镇上现在有很多搞非法传销的外地人，他们不管房子是谁的，只要让他们住，他们就欢天喜地，房租自然少不了。这样就不用麻烦执行庭了。”

那些外地人，他们对外说是来野马镇养生，其实是搞非法传销。他们每天聚集在野马河边，喊“我要发财，我要发财”的口号，成了野马镇的一道风景。

“那不行，我不会跟那些外地人打交道，我要房子稳稳妥妥地变成我的，就是我进去住，也不觉得对不起谁。”杜松说。

“那就申请执行。”陈东说。

陈东带他去找执行庭的兰海，兰海说：“要执行得先找到杜枫，有他签字我们才能执行。”

杜松说：“他已经答应拿房子抵押了啊，怎么还要他签字。”

兰海说：“这是法律程序，不能马虎。”

“我怎么知道他去哪里了。”杜松说。

“你一知道他在哪里，马上通知我们。”兰海说。

回到家，杜松和陈东分析杜枫去了哪里，首先想到杜枫的儿子小弟，小弟家在合浦县，是上门女婿，杜枫去那里肯定待不下；还有就是他女儿小妹，小妹家在贺州，怀孕五个月，老公贩毒被抓，野马镇每一个人都知道，杜枫不可能去她家。

陈东说：“看来只有发‘通缉令’了。”

杜松说:“你请得动公安?”

陈东说:“野马镇很多人在外面做工,我给他们群发短信,如果谁发现杜枫,就给谁 300 元钱,好不好。”

杜松说:“哦,这就叫发‘通缉令’。就这么做。”

这一招很灵,几天后,在河池市金城江区搞建筑的李良一个短信发给陈东,说在金城江的河东菜市,看见杜枫的老婆在那里卖菜。杜松马上通知执行庭的兰海,几个人坐着法院的车去找杜枫。他们在离金城江区不远的六甲镇找到杜枫,他和王柳租了一间民房,上街卖菜。

看见他们,杜枫竖起大拇指,对杜松说:“狠,真够狠。房子,我真不要了。”

执行之后,杜松打算把杜枫家的大门拆掉,用水泥砖封死。他这样做是为了防止那些住在野马镇的外地人——他们搞非法传销,很多人回不了家,没地方住,只要野马镇一有空房子,他们就想办法住进去,赶都赶不走。

杜松去找陈东、龙飞、阿杰、国宁,叫他们帮忙,他们起初不愿意,在他们脑子里,这里依然是杜枫的家,封别人的家,这是一件很得罪人的事情。杜松在家里请他们吃饭、喝酒,借着酒劲,四个人坐上杜松请来的拖拉机,拉着砖头突突突往杜枫家进发。拆门、封门。封了一半,陈东、阿杰、国宁的酒劲就过了,他们三个人借故跑开，只剩下龙飞，他多喝了几杯，正在劲头上，一个人骂骂咧咧地砌砖、抹浆，终于把杜枫家的门给封死了。

杜松感觉到踏实，他想，还得感谢一个人——执行庭的兰海。如果不是他，房子也拿不到。他跟陈东去县城，来到兰海家，把两千块钱塞给兰海，兰海不要，虎着脸说："我们是按照法律办事，钱我不能要。"

出门后，杜松问陈东："兰海不收钱，怎么办？"

陈东给他出了一个主意。

半夜十二点，杜松将两千块钱绑在一块红砖上面，悄悄走到兰海家的窗前，使尽吃奶的力气，哐当！砖头砸破玻璃飞进兰海家。

第二天，兰海家的邻居们说，兰海秉公办事，得罪人了，家里窗口被砸，玻璃碎了一地。

又过了半年，陈东来找杜松，跟他说杜枫的近况，他说："前天李良跟我说，他最近看见杜枫，都认不出来了，瘦得厉害，可能是病了。"

杜松不说话，只是叹气。他想起当初陈东跟他说的"杜枫很可怜，60 岁还当丧家狗"的话，心中一阵悲凉。待陈东离开，他独自一人来到那间被自己封了个严严实实的房子，绕着房子走圈圈。

第二天，他去到六甲镇，敲开杜枫的出租屋。

他说："回去吧，我叫人拆了封门的砖。"

他说："回去吧，神台供的是你的爹你的妈，久不烧香，他们会怪你。"

他说："回去吧，你每月还我五百块，什么时候还完，房子什么时候是你的。"

"你要长寿，你要还钱！"杜松最后说。

二　婚

2012年春，我的女友在没有任何征兆的情况下，从刚装修好的新房里出走。

开始的时候我还以为她是在耍小性子，装修新房折腾来折腾去，烦了，出去透透风。我以为她会像以前一样，不超过三天，就乖乖回来。

我错了，这次不一样。她走之后，我发现一张字条：你这个王八蛋。

起初我还以为是少给了农民工工钱，愤怒出诗人，农民工留给我诗句。随着时间的推移，我才反应过来那是她写的。

我很惭愧，她跟了我八年，连她的字迹我都不晓得，有点儿过分。话又说回来，谁现在还在意身边的人写的字到底是什么样。

"你这个王八蛋"，她的愤怒因何而来？直到现在我都不知道。

第一个三天过得很快，我没有在意，心想不能惯她的小毛病;第二个三天我有一点在意了,心想她肯定是在等我的一个电话,只要我一打电话,她就乖乖回来。我没有打电话,有第一次就会有第二次,动不动就出走,一个好妻子绝不会那样干。第三个三天过去,第四个三天过去,我慌了,赶紧打电话,她不接,给我回短信:算了吧。什么意思?什么叫算了吧?我发短信问她,她不再回信。

这次她是来真的了。

我去找她,这个时候,我才发现,连怎么去找她我都不晓得。八年前她来到南宁,我们生活在一起,她肯定跟我说了很多很多关于她怎么怎么样,包括她的家乡、父母、同学等等,可我全部都忘了。当我想到要去找她的时候,我发现毫无线索。毫无线索!这大概是她骂我“王八蛋”的原因。

那些日子我能做的,就是不停地拨她的电话。她不接我的电话,我每打一个电话她就给我回一条短信:算了吧。到现在,我的手机里还存有将近两百条“算了吧”,包含从春天到夏天的操蛋时光。

我是个要强的人,自认为这辈子会像美国首都华盛顿一样,永远不会低头,更不会沦陷,但是在2012年春天,我被一个女人击倒,在刚刚装修好的婚房里,像个落魄的流浪汉,本属于女友的那块试衣镜,经常晃过我轻飘的身体,还美国首都华盛顿呢,整个一座废墟。

我的心情糟透了，心想这个女人到底怎么了。冬天的时候好好的，到了春天，说消失就消失，一点征兆都没有。

我从来都不是个乐观的人，这样的结局其实我早就料到，或者说事情原本就该如此，多出来的那些剧情，是老天的赐予。不错，她跟了我八年，已经算是老天赐给我丰厚的大礼，我还有什么不满足的？我没有怪她，要怪也只能怪自己，我一身臭男人的毛病，她忍了八年，大概忍不下去了。

她是个好姑娘，总算从此脱离苦海。

秋天的时候，我认识了另外一个女人，她是个演艺吧的老板，左边乳房有硬块，来我们医院检查，我说是小叶增生，她不信，非要做很多昂贵的项目，检验结果出来后她很高兴，说我是神医。我被人说成神医还是第一次，小叶增生，很容易就能判断。事实上，作为一个妇科医生，我并不称职，医院经常收到患者对我的投诉，说我态度冷漠，对病人总是草草打发。所以，这个说我是神医的女人让我感动了一下。她说以后如果来看病，就专门挂我的号。这可不得了，我在这家医院工作了十年，还是第一次听到患者当面说要专门挂我的号。我说谢谢，说以后有身体检查之类的事情，可提前打电话给我。我在她的病历上写下我的电话号码，她当场存在她的手机上，马上拨过来。她说，这是我的电话。她从口袋里掏出一张卡，想塞给我，我说那可不行。她说不是什么贵重的东西，是演艺吧的贵宾卡，只要你来，可以打对折。她走后,我拿那张卡举在眼前:英伦演艺吧。

后来,她又来找我几次,是带女友来检查。她们身体不适,都怀疑自己得了不治之症,但结果并非如此。每次临走她都会对她带来的女友说,只要是给李医生看病,都能逢凶化吉。虽然是句玩笑话,但是听起来很舒服。有一次她对我说,对了,你还没去过我的演艺吧呢,晚上去一次,我请客。我答应了。有第一次就有第二次。后来,我在英伦演艺吧专门有一个包厢,我和她在那里喝酒聊天,看节目。冬天到来的时候,我们成了很好的朋友,在这期间,她跟我讲她的故事,现在我"贴"出来,算是对这一段友情的留恋和纪念:

像我这样在小县城里长大的女孩,对大城市有种天然的向往。五岁的时候,我爸带我到南宁看病,这是另外的一个世界,各种各样的声音塞满我的耳朵,这是小县城里所没有的,我一下子就喜欢上这里。说来奇怪,来到这里后,发烧头疼的毛病不治自愈。我爸要求医生开点药,医生说,这么健康的女孩,不用吃药。

离开南宁的时候,我莫名其妙地哭了,一边哭一边拍打车窗,下车,我要下车。那时刚好有不少拐卖儿童的事件发生,车上的人以为我爸是坏人,害得我爸不停地跟他们解释:她是我的女儿,她的名字叫蓝小红。以前我叫蓝小妹,那天在车上,我爸被质疑的目光看得不好意思，他急中生智，临时给我取了一个名字：蓝小红。我爸是个铁匠，他喜欢男孩，一直懒得给我取名字，在家里也是小妹小妹地叫我。在车上他怕他叫我小妹之后没人相信，改口叫我小红，一叫就叫到现在。

想一想觉得可笑，20 岁之前，我所有的努力都是为了走进这个城市。

第一次机会出现在读初一的时候，广西游泳队到我们学校招学员，我是十个候选人之一，我以为他们会让我们到澄江边比试，看谁游得快就招谁当学员。夏天的时候，我经常跟小伙伴到澄江游泳，比谁游得最快，每次我都游第一。我甚至以为游泳队之所以来我们学校招人，是因为听说我们这个地方有个名叫蓝小红的小女孩游泳游得特别好。他们没有让我们到江边比试，而是叫我们站成一排，看看我们的手臂，看看我们的腿脚。

后来，那个幸运的女孩并不是我，游泳队的老师在我的面前停留不到五秒就离我而去。那个幸运的女孩叫刘妮，她是十个女孩里游泳游得最慢的一个，她的手臂很长，后来获得全国少年赛亚军。

身边的伙伴一下子远行省城，我感觉自己的生活被别人顶替了，眼泪不争气地流下来。老师安慰我，你要好好读书，只要成绩好，你想去哪里都可以。还说，当运动员很辛苦，你只有考上好的学校，才有好的未来。

我是一个听话的好学生，从此着了魔般地用功。我跟谁都不亲，只跟书本亲。这样一来，想不考第一都难。临近中考，命运又一次跟我开玩笑，这一次是我爸，本来学校已经保送我上河池高中，河池高中是我们地区最好的学校，进入这个学校，等于一只脚已经踏进重点大学的校门。我爸不同意我去河池高中，他要我去上巴马师范，巴马师范是中专，只读三年，毕业之后分配回乡当小学老师，马上就变成“国家干部”。

我爸那时碰到大的难题，因为出现塑料制品，他的铁器店倒闭，需要重新择业，正考虑是去捞沙子还是当屠夫。他没有太多的能力和心思管我，想直接把我交给国家。我不愿意，跟他闹，老师也去做他的工作。老师说我的成绩好，是上清华北大的料，你再忍三年，三年后，小红肯定能上好的学校。我爸一掰手指，高中三年，再加大学四年，就是七年，搞不好还读研究生，那样一来又再加三年，一共十年。我爸怎么熬得了十年。开玩笑！我爸说不！我没有那么笨，到嘴的肥肉不吃，那不是笨蛋吗。我的老师是个年轻人，他见我爸不同意，一下子急了，你这个老脑筋，他喊。我爸捡起脚边的铁锤，递给老师，把头伸在打铁的铁砧板上，说，你敢用锤子砸我的头，我就让她去河池高中。我爸都这样了，还有什么可说的。后来我就成了一名师范生，再后来我就成了一名小学老师。

好了，再这样说下去，就要变成流水账了。还是说说我是怎么嫁人的吧。前面说过，我做梦都想到南宁来。一个铁匠的女儿，一个小学教师，想来这里，怎么来？嫁人呗！

那时候没有什么婚恋节目，发征婚广告我又嫌丢人，哪有一个十九岁的女孩发征婚广告的？师范毕业时我才十九岁，十九岁就想嫁人，很好笑吧。我没有其他办法，只好把目光放在来县城出差的男人身上。那段时间，我们那个地方开始建大型水电站，每天都有很多的外地人来到我们那里，吸引他们，成了那段时间我最喜欢做的事情。

我首先在穿衣打扮上下功夫，我在师范读书的时候，除了学会怎么给学生上课，还跟一位师母学会了裁衣服。我给自己做了很多漂亮的衣服，往往是电视里的明星们穿什么，过不了多久，我就穿着和她们身上相同款式的衣服走在大街上。我在一本介绍某国风情的画册上，看见一些戴脚链的女人，非常漂亮，我也效仿她们，在脚上套上镀银的链子，链子上还配有小铃铛，走起路来丁零丁零响，现在想起来很土，那时却很招人的眼光。

每隔一段时间，就会有人在我耳边嘀咕，谁谁谁喜欢上你，我一听，马上就不高兴，因为从他们嘴里说出的名字，不是同事就是其他单位的年轻人。可以这么说，如果我想嫁在县城，嫁个不错的人家，并不是一件很难的事情。自从我分到县小，就不停有人跟我说媒，哪一家有钱，哪一家有人当什么官。我的回答跟我的心思很不一样，我说我还小，不想谈恋爱。他们说你骗人，你不想谈恋爱，穿那么花哨干什么？还有这脚链，一看就知道在勾男人。你不是不想谈恋爱，你是看不起我们小地方的男人吧？

还真骗不了他们。

有一个关于教育的会议在县城召开，来了很多领导，我被抽去搞接待，短短两天时间，我就认识了很多人。散会时他们对我说，小红，以后到南宁玩，就来找我。我把他们的话当真了。他们离开后，我的口袋里多了十张名片，名片主人的模样牢牢地记在我的脑海，我已经把他们当成我南宁的亲人。他们有老有少，有当官的，也有普通的办事员。晚上的时候，我把十张名片拿出来翻，像小时候拿扑克牌算命一样，这些印有名字的纸片在我面前不停变换，我拿不准他们谁能帮我，最后我宝贝似的把名片放在枕头下面。

暑假，我带上这十张名片来到南宁。这是我第一次一个人来南宁。南宁的天气很热，我在朝阳路走上一圈，像进了一个正在被烤着的铁皮屋子。朝阳路那时是整个南宁最热闹的街道，火车站、客运站，南宁百货大楼，几乎一条街就把整个南宁的繁华一网打尽。我印象最深的除了车流、人流和一间接一间的商铺之外，就是街道两边的木菠萝树，大大的叶子绿得要滴水，猛一看像塑料做成的。我住在火车站边上的朝阳宾馆，看着身边不停经过的行人，我想起我五岁的时候拍着车窗喊下车。这一回我又来了，我不想像小时候那样失望地离开。

想想在县城的时候，这十个人里面，最喜欢跟我说话的是刘处长，他是一个中年人，慈眉善目，很多人都围着他转。那时所谓的接待，就是晚上陪白天开会开累了的客人们跳舞，刘处长是跟我跳舞跳得最多的人。跳舞的时候，他不停地跟我说话。他问，我答。十个人中，他的情况我略知一二，我的情况他也很清楚。他曾经对我说，小红，我帮你在南宁介绍一个男朋友。他离开后，我一直等他的消息，他一直都没给我消息，我等不及，就来了。

我的第一个电话几乎要拨给他。那时南宁的号码只有五位数，拨到第四位的时候，我就把话筒放下了。我心里头想，我还没有想好怎么跟他说，我一开口总不能跟他说，你给我介绍的男朋友在哪里呢？我在房间里待了整整一天，都没有把第一个电话拨出去。我开不了这个口。

他们只跟我有一面之缘，总的来说，他们都是陌生人。当时我多么希望被一个陌生的男人带走，但真要这么做，心里免不了有些害怕。可是我又不能白来，我想出一个办法，假装从刘处长他们单位的门前经过，制造一次不经意间的相逢，不论是刘处长，还是其他人，只要遇上他们中的一个，我就算不虚此行。

第二天下午，正是上班的时间，我坐着人力三轮车来到刘处长他们单位的门口，太阳白晃晃的，怕他们认不出我，我没有撑阳伞，顶着烈日，在上班的人流中慢慢走，眼睛左顾右盼。我看不见所有人的脸，他们不是打伞就是戴遮阳帽，在他们中间，我显得很多余。我期盼有人叫我的名字，我竖起耳朵，听到的只是汽车喇叭的声音。

很快，上班的人都走空了，门口只剩下我一个人，我已经在这里走了很多个来回，我擦了擦汗，脖子上有一层细细的盐。期望中的偶遇没有出现，想想也是，世上哪有那么多的偶遇，人们都太忙了。后来我知道，我口袋里十张名片的主人那天都曾经跟我擦肩而过，他们没有一个人注意到我。

最后，我在刘处长单位对面的杂货店给刘处长打电话，我说："我是小红，我想见你。"刘处长说："好啊好啊。你在哪里？"我说："我在你们单位门口。"停顿了一下，我又说："我穿着一件白色的衣服。"

刘处长叫他的秘书来接我，把我带到他们单位的会议室，他说："刘处长很忙，你在这里休息等他。"秘书出去不久，我认识的人纷纷来到会议室。十张名片的主人除了刘处长都到齐了。会议室一下子热闹起来。他们像我的老朋友一样，跟我寒暄，我一下子就放松下来。他们夸我的家乡好，我说好在哪里，他们说女人漂亮、淳朴，你就是你家乡最好的形象代言人。看看你，又看看单位里的女人，唉……

他们说我的好话我很高兴，他们说身边女人的坏话我就不高兴了。几乎想和他们理论。后来想这大概是一种礼貌，夸一个人最便捷的方法就是找个人对比，夸你，贬她。人比人气死人。我认为气死的应该是我，我冒着烈日跑来别人单位的大门口，还希望被人喊我的名字。如果当时不是十九岁，打死我我也不会这样做。他们说的是相貌，我想的是身份。

我笑着看他们，没有把他们的话当一回事。

单位里的女人知道来了一个乡下姑娘，都借故来到会议室，年轻一点的，转一转就走了，嘀嘀咕咕，也听不清她们在议论什么。年纪大一点的直接叫唤："哎呀，这姑娘很漂亮嘛，说，是谁的干女儿？"

"还有谁，肯定是刘处长的干女儿了。"大家都笑了起来。

"小心哦，刘处长的干女儿很多的哦。"

"谁在表扬我！"一个响亮的声音传进门来，大家回头，是刘处长。他笑眯眯地走进来，跟我在县城看到的一样。看得出来，他跟手下的人关系不错。

"小红，你很有人缘嘛，你看看，大家都把你当成明星了。"刘处长说。

马上有人去拍他的马屁："是刘处长有人格魅力，刘处长的人缘好，物以类聚人以群分是不是啊？"

刘处长对说话的人："嗨，你跟我们不是一类的，你看看你的嘴角，有洗衣粉呐。我们没有一个人有。"

说话的人嘴角确实有白沫，他说话说得太多了，自从进到会议室，每个人说话他都去附和，没有白沫都说不过去。

说话的人赶紧抹嘴角。

刘处长说："你看看，你一来，我们处就好像过节一样。我们得好好招待你。"

晚上，刘处长在当时南宁最好的酒店"望海楼"给我接风，包厢里，满满当当坐了二十个人，我坐在中间。长这么大，第一次被当成客人，第一次感觉自己受到尊重。老实说，我在县城没什么朋友，平日里独往独来，对于别人怎么看我根本不关心。对领导我很恭敬，但那不是尊重，尊重应该是一个人在你的心底有沉甸甸的分量，我从来不指望我在领导的心里有沉甸甸的分量，事实上也从来没有，我对领导也一样，有的也只是恭敬——与自己内心无关的恭敬。现在，在南宁这个陌生的城市，一桌子人为我聚在一起。这是从来没有过的。我一下子不知道说什么好。他们每一个人都来给我敬酒。每一杯我都干了。我爸是铁匠，他喜欢喝酒，我也有喝酒的天分。即便我不会喝，在那种氛围之下，我也会豁出去喝。

刚开始的时候，刘处长问我，这次来南宁主要是办什么事？当着那么多人的面，我不好意思跟他说我此行的目的。后来，我喝了很多酒，借着酒劲，我把心里的话儿吐了出来，我说："刘处长，你说过的，你要给我在南宁找个男朋友。我今天就是找你要男朋友来了。"

所有的人都笑了起来。

我说:“你们笑什么？不可以吗?”

“可以,那太容易了。”

“刘处长,不可以吗?”我看着刘处长,我想要他直接回答我。

“可以,那还不容易,你长得那么漂亮,想嫁人那还不是一句话的事?”刘处长大声说。不知为什么,我竟像一个受了委屈的孩子,哭了起来。长这么大,没有人对我这么好,长这么大,还是第一次被人夸的时候心里觉得很受用,觉得这样的夸奖来得太晚。那个时候,我想在南宁找男朋友的愿望是多么的强烈。泪水是最好的证明。

刘处长说:“喝多了,这姑娘喝多了。”

我没喝多,当晚他们每一个人说什么话我都记得清清楚楚。

老张说:“这姑娘是怎么啦？肯定是小时候缺爱,受了太多的委屈。”

老张说得对,我妈死得早,我爸把我和我弟拉扯大很不容易。他打铁,每天跟铁水和风箱做伴,只要我们不生病,吃好吃坏都一样,不能对他有什么要求,不能撒娇,不能哭。我经常有这样的想法,我不是他亲生的,有可能是他捡来的。我曾经把这个感觉跟我的一个好朋友说,她说:“捡来的,不会吧,你觉得可能吗？他都想把你和你弟扔掉,他会捡小孩来养?”我觉得她说得有道理。我觉得自己很多余，觉得我的生活肯定是被哪一个运气好的女孩顶替了。我的生活已经被别人顶替，很长时间我都有这样的感觉，把被别人顶替的生活抢回来，是我必须要做的。

老黄说："一个姑娘家，年纪不大就急着把自己嫁出去，是不是被男朋友甩了，想争口气，找个条件好的压压前任的威风？"

他说的不对，读书的时候我只跟书本亲，在校园里从没正眼看过人，工作后只想着怎么离开都安，哪有时间被人甩。我正想反驳他，坐在我身边的老朱帮我说话了，他说："别人甩她？她甩别人还差不多。这么漂亮的一个女孩。"

老朱又说："人往高处走，水往低处流，乡里的想往县里跑，县里的想往南宁跑，就像科长想当处长，处长想当厅长，厅长想当部长一样。是不是啊处长？我们都盼着你高升呢。"

刘处长说："对，这不是什么丢人的事，这符合人性。我当然也想当厅长，但是不一定能当得了。"

刘处长说了人性两个字，很多官员是不屑谈这个词的。他同时不否认自己想当更大的官。他不装腔作势，这年头，只要能管人，哪怕只有一个部下的主，看人的眼神、说话的语气都跟常人不一样。比如我们语文组组长王长乐，经常对我们指手画脚，看谁都像孙子。刘处长比王长乐的官大多了，他就没有王长乐的架子，我觉得刘处长很亲切，我想他会理解我的，我说："处长，各位大哥大姐,你们一定要帮帮我啊。"我的眼泪又流下来了。

刘处长说:"给小红找男朋友,是我们处今年的主要任务之一。"

接风宴的第二天,我就回县城了。临走时我给刘处长打电话,说了很多感谢的话,刘处长说:"小红,你放心,你的事包在我身上。"……

刘处长坐在都安县银塔宾馆四楼"总统套间"的会客室里,时间是我南宁之行的半年之后。他为这件事情专门来到县城,可见他对这件事的重视。正是冬天,一杯茶捧在我手里,热乎乎的,我搓着杯子,来掩盖内心的紧张,我看见杯中的茶叶起起伏伏,不安分地漂着。这半年我度日如年,一直等待来自南宁的消息,现在答案即将揭晓,我反而不知所措。

刘处长坐在我对面,笑容里面有杂质,一点没有媒人应有的灿烂的表情,倒像个正在指派一位能力很强的部下去完成一项光荣而又艰巨的任务的领导。

"小红啊,我不知道该怎么跟你说。到底要不要来找你,我犹豫了很久。唉……"

刘处长叹气,我的心马上提到嗓子眼,我不知道他接下来要跟我宣布什么不吉利的消息。他似乎有难言之隐。他没有马上说小文的事,而是说他自己。

刘处长说:“一个男人和一个女人,组成一个家庭,其实是件很不容易的事情,就拿我来说吧……”

刘处长一开始就跟我说他的恋爱史。

刘处长的第一个恋人是他大学的同班同学。那个时候,学校禁止谈恋爱,谈恋爱就是搞破鞋的代名词,互相有好感的同学,都不得不压抑自己。他和她都知道大家彼此喜欢,但是胆子太小,不敢约会,别说约会,大庭广众之下都不敢多说话。刘处长说:“主要责任在我,男人应该主动,既然那个年代很多人做坏事都没有被发现,谈个恋爱又怎么啦?四年,一点动静都没有,全班没有一个人知道我们两个人在相爱,四年,哗,就过去了,你说冤不冤?我都不知道怎么熬过那四年的。”

要说一点动静都没有也不对,两个人最长的一次交流是在“批评与自我批评”的会上,所谓的批评与自我批评,就是全班同学坐下来开会,每一个人都汇报自己的思想,深挖自己,检举别人。那次会议,他和她互相帮助,一问一答,不停地给对方“挑毛病”。比如,你不应该留长头发,你应该留刘胡兰那样的发型。那位女同学当时留长发,班上的女生都留齐耳的“干部头”。比如,你只知道学习,不注意体育锻炼,没有好的身体,怎么建设祖国。就像雪花落在水面上,是什么声音只有雪花和水知道。其他同学也都认为他们的对话是为了敷衍了事。

“主要是我太懦弱,也可以说是自私,没有把第一次恋爱当成最最重要的，没有完完全全地付出，付出不一定会得到，不付出肯定会得不到，我们都给对方写信，但是没有一封寄到对方手里，怕啊。后来，最后一个假期，我利用在印刷厂实习的便利，偷偷摸摸把所有的信做成一本‘书’，‘书’的封面做得跟伟大导师的著作一模一样，封面印上红色的字：《路易·波拿巴的雾月十八》，把这本‘书’交给她，我们也就毕业了。从此一南一北，永不相见。”

刘处长之所以跟我说他的恋爱经历，是为了证明他已经敞开心扉，是让我相信他今天带着诚意而来。我等他继续往下说。

他很快就说到他的婚姻。

“糟透了。”他说。

“一开始就是错的。大家都错，大家又都不把错指出来，都想着把错等成对。等待的等，对错的对。”刘处长先把总结说出来，让我有心理准备，去听他一段不幸的往事。“很勉强。”他说。

“我分到出版社工作，刚进出版社的大门就被一个踩自行车的女人撞翻，我的行李散落一地，她一上来就骂我走路不看人，其实是她在后面撞我。没想到后来我跟她结婚，生子。就像做梦一样。”

她是出版社印刷厂的工人，老编辑家吴可为的女儿，吴老中年时被人打断双腿，老婆离婚，儿子自杀，全靠这个女儿照顾，落实政策后，女儿被安排到印刷厂工作。由于他们家受了太多的苦，她对所有的人都不满意，今天跟这个吵，明天跟那个吵，人人见到她，都躲着，生怕惹上什么麻烦。

“吴老是出版界的元老，到出版社后，我经常去看望他，向他请教学术上的问题，去的次数多了，几乎就成了他们家的一员。每逢过节，吴老都叫女儿来喊我去他们家吃饭。我在南宁举目无亲，平时除了上班，就是看书写文章，还有就是去跟吴老请教有关学术方面的问题，他没把我当成外人看，我很高兴，也很感激。”

就这样过了一年。没想到之后事情有了很大的变化。中秋节的夜晚，吃完晚饭后，吴可为叫刘处长留在他家，说有重要的事情跟他讲。刘处长很讶异，什么重要的事情，非得要留他过夜？大概这件“重要的事情”需要一个晚上的时间来说。果然是这样，吴可为一说就是一个晚上，是关于他女儿的婚事。

“这辈子我最放心不下的，就是芳草了。芳草跟着我受苦，我对不起她啊。”吴老一说这些，眼泪就流下来了。刘处长还是第一次看见吴老这样失态，平时和他交流，他都是一副谦谦君子的模样。他轮椅边有一张白毛巾，说话的时候，他久不久就会拿毛巾擦嘴角，怕泛出白沫在人前不雅。现在说到女儿，他顾不了许多，眼泪鼻涕一起流。刘处长吓坏了，忙着给吴老擦眼泪，吴老一把抓住他的手。

猜得出来，吴老是在为自己的女儿说亲，他要把女儿许配给刘处长。平时刘处长到吴家来，芳草对他不冷不热，吴老叫她去找他来家里聊天，她见到刘处长时只说一句“我爸叫你”，转身就走。当吴老把自己的想法告诉刘处长时，刘处长脑子里马上出现芳草的模样，干燥的皮肤，一张蓝色的围裙永远系在腰间，眼神永远是那样的哀怨。跟这样的人在一起过一辈子，刘处长觉得难度有点大。他对她一点感觉都没有，在他眼里，她就是一个每天照顾吴老饮食起居的“仆人”。

吴老拿出一张芳草少女时代的照片，黑白照片里，一个漂亮的少女，辫子上别着小花，眼神清澈，微笑着看着远方。那时候她是学校合唱队的主唱，家里面的宠儿，老师眼里的乖学生。跟现在的芳草一点都对不上号。

“她胆子小，什么蝴蝶啊、小虫子啊从眼前飞过，都要尖叫得躲起来，怕生人，家里一来人就不敢出房间。”吴可为跟刘处长说他女儿小时候的故事，说一家人平静的生活以及一家人的遭遇，好像刚刚发生一样。吴老的遭遇刘处长早就听说了，平时他们聊天，都避开不谈这个话题。都说往事不堪回首，中秋之夜，吴老亲口说出一家人遭受的苦难，这也许是老人家唯一一次在外人面前说出自己的故事，他这样做，都是为了女儿。

此类故事，刘处长听了太多，在每一个亮着灯光的窗口里面，都有很多关于那个时代的细节，毫不费劲就触摸得到。也许知道得太多，所以刘处长没有太多的反应，只是觉得老人家现在又重新说出来，就像是把自己身上已经结痂的伤口又一次揭开，老人家怎么受得了。刘处长赶忙安慰他：“吴老，不要说了，已经过去了……”

吴可为不理会，继续说：“我离婚之后，本来芳草是跟着她妈妈的，我被人打断双腿以后，她不顾她妈妈的阻拦，跑到‘五七’干校，说什么也要跟我在一起。她要照顾我，照顾我这个给她带来厄运的爸爸，从此以后，她一天都没有离开我。”

刘处长的心动了一下。乱世之中，夫妻离异、子女反目、亲友背叛的事太多太多，人性的弱点被一个荒唐时代的邪火烤灼，很快就会败得一塌糊涂。但是这个芳草，一个弱女子，她身上有强大的东西。刘处长一下子觉得芳草很难得。

吴可为说：“她跟我受了太多苦，我们被下放到马山县务农，我是被监督改造的对象，芳草的户口跟她妈妈，是城里的，在我身边算是‘黑人黑户’（“文革”时期指没有户口的流浪者），被当地民兵赶走之后又跑回来，当地的头头见赶不走她，只好让她留下来。我的腿动不了，她就替我出工，一个人的口粮，两个人吃。她既不是当地的农民，又不算下乡的知青。如果是当地的农民，不管是哪一家，都会有三亲六故相照应，困难时借个柴米救急还有个依靠；如果是下乡知青，会有政策方面的关照，什么当兵、招工的，还算有个盼头。芳草不一样，她是‘黑人黑户’，两眼一抹黑，只知道在我身边照顾我，什么前途、命运想都不要去想。当然，还有婚姻……”

关于芳草的婚事，吴可为说得不多。

因为太苦了，想找个人依靠，在马山的时候，芳草就想把自己嫁出去，但是那些出身好的人家，谁敢要一个“黑人黑户”？出身好的人不敢要，出身不好的人也不敢要，因为将来如果有孩子，也算“黑人黑户”，这可不是闹着玩的。

“芳草的脾气变得越来越坏，落实政策后，她把坏脾气带回城里，除了我，她不相信任何一个人。在厂里，很多人想追她，都被她骂跑了，她再不嫁人，恐怕以后是嫁不出去了。”吴可为说。

刘处长不知道吴可为为什么要自己当他的女婿，也许因为他是和这个家庭走得最近的唯一的男人的缘故，而吴可为又实在太想让女儿有一个家了，不管两个人般配不般配，先撮合再说。这得需要多大的勇气，如果刘处长拒绝，老人家的脸又往哪里搁？

当然，吴可为也给自己和刘处长预留了台阶，他最后跟刘处长说：“你们先试着交往，如果合适，你们就在一起。如果不合适，就算了。”

刘处长没有当场拒绝，他说：“这是件大事，我得好好想想。”

离开吴家，刘处长开始想一想这件事了：她是他尊敬的长者的女儿，她是一个尝尽人间冷暖的女孩，她是一个坚强、孝顺的女孩，同时，她又是一个冷冰冰的女孩。这是芳草给他最初的印象。这个印象不坏。

由于心里有底，刘处长试着和芳草交往，往恋爱这个深水池子一步步走下去。“跟所有的人一样，没有什么特别的地方，有时候觉得很好，有时候觉得很坏；好的时候在一起，不好的时候闹分手，有时候是我去求她，有时候她来求我。不知道为什么，一说到结婚，两个人都不愿意。”刘处长说，“我们都是第一次和异性交往，但是表现得就像是已经结了一次婚一样。”

两个人不结婚，把吴可为急坏了，他分别找他俩，关于结婚的事，两个人的嘴巴始终都不吐一个字。刘处长这边，是因为他经常拿芳草跟那个女同学比；芳草这边，她压根不相信他会对她好。

老人家这边，以为自己一个残疾人给两个年轻人带来负担，为了减轻他们的负担，他从自家的窗口跳了下去。从床上挪到轮椅上，从轮椅挣扎到窗前，再爬上去……这得需要多大的力气和勇气。这个老人，年轻时受尽屈辱他都顽强地活下来。现在为了不给女儿添麻烦，让女儿安心地过日子，用这种极端的办法，表达对年轻人的爱。

这样的爱，谁都消受不起，两个人除了结婚，没有其他选择。送走老人不久，两个人登记结婚……婚后，他们彼此都不满意，但因为有了孩子,一直过到现在。

“我们都对对方有期盼,都希望对方有所改变,但是最终,谁都没有改变。”在都安县银塔宾馆五楼的总统套房,刘处长说完自己的故事。

我抹掉眼角的泪水,我的泪水为那个老人而流,至于刘处长的婚事,我反而没有什么心得。这样的事太多,从农村到城市,能一说一大串。我心里隐约有些不安,刘处长跟我说的这些事,跟我的婚姻有什么关系呢?他是让我对即将到来的婚姻有所准备?心中的不安转瞬即逝,我觉得刘处长非常不容易,像我爸爸那样不容易。

接下来他跟我说我第一个男人的名字:

他叫小文。

刘处长从公文包掏出一张照片,小文第一次出现在我面前,照片里的他很生涩,好像没有什么准备就被人推到照相机前,还没有做好相应的表情就被人“咔嚓”拍了下来。我拿着他的照片细细看,他眉清目秀,警惕地看着我。我没怎么在意,心里想,刘处长给我介绍了一个好男友。

刘处长说:“他爸爸是赵大河。”

我说:“谁是赵大河?”

刘处长:“连他你都不知道?你回去翻报纸就知道了。”

“赵大河是广西的大领导，小文是他的儿子。”刘处长迫不及待地说出小文的身份。我的脑子嗡的一声，身子触了电般……扑通、扑通，我听见自己心跳的声音。我眼神慌乱，像偷到了什么心爱的东西被人发现那样，不敢和刘处长对视。

慢慢地，我平静下来。我当时真的是被这样一个消息给吓坏了。成为赵大河的儿媳妇，就是傻瓜也知道那意味着什么。虽然我等了半年，但是这样的结果我还是没有想到，我一下子想到我的爸爸，一个铁匠，他在永安塑料厂打工，将一块块原料放到铁锅里熬成浆，然后倒在水缸的模具上，倒在洗脸盆的模具上，倒在粪桶的模具上，倒在水瓢的模具上……我该怎么跟他说这件事？

我觉得有一座山压在我心头：“刘处长，能不能再帮我找一个，差不多就行了，这个我配不上啊。”

刘处长很意外，他笑了，说：“什么配得上配不上，外国有王子和灰姑娘的故事，当然啦，你不是灰姑娘，中国呢，有七仙女和董永的故事，你是仙女，小文可不是董永哟。什么门当户对，那都是封建的思想，现在都什么年代了，男女恋爱，讲的是缘分。这样吧，你交给我的任务我算是完成了，答应不答应那是你自己的事。如果答应，过几天你再回复我，如果不愿意，你就不用说了，就当今天我没来过。”

刘处长起身回南宁，最后他说：“小红啊，一个男人和一个女人组成一个家,太难了。不管他是谁。”他又重复一遍刚开始时说的话。怪不得他开始时面色深沉,他是怕婚姻带给我伤害。这是我当时的想法。

那几天,我都在想这件事,非常忐忑,好几次要跑去打电话给刘处长说我愿意。但是,每次好像都有一只手把我拉住,我承认,这样的感觉很美,觉得已经有一个崭新的天地向我敞开,有一种突然把握自己命运的豪迈在里面。我举起小文的照片,猜他到底是个什么样的人,他抽不抽烟,性格怎样,没等我往深处想,赵——大——河,这三个字就蹦出来。小文的爸爸赵大河,他的名字太强大,把小文的名字给盖住了。我跑到学校阅览室,找了很多报纸:赵大河在视察工作,赵大河在发表讲话,赵大河在参加活动……我把这些报纸带回家,我要跟我爸说这件事。我决定,如果他认为这是件好事,我马上就给刘处长打电话;如果我爸认为这不是一件好事,那就算了。

当时的情况是,由于都安县的塑料厂像雨后的春笋那样冒出来,永安塑料厂的产品大量积压,只好停产,老板没钱发工资,把自家的产品当工资抵给工人。所以,我爸在我家门口摆摊,贱卖自己生产出来的塑料水缸、塑料脸盆、塑料粪桶及塑料水瓢,脸黑得像墨水。

我把一大堆刊登有赵大河消息的报纸带回家中,我爸说:“你怎么晓得我需要旧报纸?”我讶异:“你要旧报纸干什么?这可不是给你的。”

我爸指着脚边暗红色的塑料器具说:“等卖完这些,我就去收旧报纸,到时你可以在学校里动员老师和学生,卖旧报纸给我。”

原来是这样,我爸很可怜,他的一生,开始的时候是跟铁打交道,然后是塑料,接下来将是废纸。他手边的东西是越来越轻了。

想到我们家即将被很多很多的旧报纸填满,我心里很悲凉。在这样的背景之下,我把刘处长来找我的事跟他说了。他吃惊地看我,之后一把抢过我手中的报纸,哗啦啦地翻。

“嫁,嫁嫁嫁嫁嫁。”他说,一共六个嫁。我没想到他会是这样的反应。也许每一个父亲,都想自己的儿女能攀上高枝。所谓的嫁个好人家,从古到今,都是父亲们的理想。我爸很快迷上我带回来的报纸,如饥似渴地阅读,我开玩笑地说:“爸,你还想把这些报纸当废品卖了吗?”

“不能,那可不能。”

我爸很快就意识到自己有点失态,恢复了当爸爸的威严,端着架子问:“他长得怎么样?”

我把小文的照片递给他。他故意皱起眉头:“长相有点吃亏。”

从那天开始,我将要嫁给赵大河儿子的消息像脱缰的野马在县城流传,传播这个消息的是我的爸爸。他亲自把这个消息发布出去,是为了出一口恶气。那天,街道委员会的主任陆大安,骑着一辆自行车来到我们学校,把我拉到一个角落,一开口就说:“小红,你爸今早狠狠地教训了我一下。”

我吃了一惊,这可是乾坤大颠倒啦。我爸平时最怕的,就是这个陆大安。他仗着自己的女儿嫁给镇委书记关天亮,把我们那条街上没什么背景、有求于他的人当孙子般地训斥。街道铁器厂解散,民政局要给下岗的职工发补贴,需要街道开证明盖公章,其他人捧月亮那样巴结他,他都爱理不理,更何况我爸不懂事,以为这是他应该做的,一见他就问:“老陆,我要的证明,你什么时候给我开?”给他留下了非常糟糕的印象。他找碴儿,一下说我爸在铁器厂的工龄不够,不能享受政府补贴,一下说他一个人说了不算,需要街道的所有人开会研究同意之后才能开。

我爸感觉到问题棘手,感觉这个陆大安在给他使绊子,铁匠的犟脾气又冒出来了,提着打铁的锤子去陆大安家,他以为陆大安会怕他的锤子。陆大安一个电话,镇派出所的两个警察很快就开着警车来到,把我爸带到派出所关了两个晚上。

从那以后,我爸一见到陆大安,就远远地躲开。有一次他在我的面前嘀咕:“这个陆大安,他的女儿嫁给镇长后,连打铁的锤子他都不怕。”

我把要和小文处朋友的消息告诉我爸之后,第二天他就去找陆大安了。这一回,他没有带铁锤,而是带着我从学校拿回来的有赵大河报道的报纸,来到街委会。陆大安正在看一本《周公解梦》,脸色难看,估计头天晚上做了什么不好的梦。看见我爸进来,以为他又要来盖章,脱口而出:“管公章的阿全不在,你改天再来吧。”

啪,一沓报纸摔在陆大安面前,惊起一桌子的灰尘。没等陆大安反应过来,我爸拉了一张椅子,坐在陆大安的身边。

陆大安不晓得这是怎么一回事:“你发什么神经,在我面前摔报纸。”

我爸指着报纸,说:“好好看看,好好看看!”

陆大安以为报纸上有什么对自己不利的消息,赶紧拿起来翻。

“看第一版,我用笔画过的。”

我爸把有关赵大河的报道都用笔圈了起来。陆大安看那些画过圈的新闻,没发现什么,一下子就火了。“神经病,走开!”

“陆大安,你不要太嚣张,告诉你,从今以后,你要对我客气点。要不然,会有你好看!”我爸底气十足。

陆大安看看画圈的报纸,又看看我爸,“你这个鸟人,你想怎么样,这些圈圈,跟你有什么关系?难道赵大河是你哥,不对啊,他姓赵,你姓蓝。”陆大安咧嘴笑。

“他不是我哥,他是我亲家。”我爸说。

“什么？你再说一遍，他是你……”

“亲家！”我爸接过陆大安的话。

“哈哈哈哈……”街委会响起陆大安一串长时间的奇怪的笑声，他一手指着我爸，一手捧着肚子，像个神经错乱的人那样摇头晃脑笑个不停。

“你笑吧，到时候我要你后悔都来不及。你这个主任到时候还当得成，你女婿的书记到时候还当得成，我就不姓蓝。”我爸咬牙切齿，捡起桌上的报纸，走了。在他眼里，一个大领导，免掉一个镇书记，免掉一个街道主任，就像吐一口痰。

大概是陆大安笑过之后觉得不妥，万一是真的呢？我爸是个打铁的，从来不喜欢开玩笑，一个实心眼的人，犯不着跟谁玩虚的。这样想过之后，他就找我来了。

我心里面讨厌这个陆大安，但是我没有像我爸那样直接表现出来。我说：“是有这回事，不过答不答应，我还没想清楚。”鬼使神差，我竟掏出小文的照片给他看。也就是那一刻，我下定决心跟小文交往。其实骨子里我早就这么想，但是这种想法被很多东西包裹，直到现在，我才不再掩饰。

他信了，他的表情……恨不得现在站在他面前的是他的女儿。他说：“小红啊，你要多为家乡做点好事哦。以前有什么对不起的地方，多多包涵。”他的声音有点不正常，我从来没见过他跟街道上的人这样说话。

但是隔了一天,他说话的口气又变回去了。这要怪我爸,我把陆大安来找我的事跟他说过之后,他很得意,又去找陆大安,他也想叫陆大安在他面前低声下气一回,没想到陆大安不干。陆大安急了,指着我爸说:“只要你的女儿还没嫁给赵大河的儿子,你就是个狗×的铁拐李。”我爸打铁,腿瘸,街道上的人都这么叫他。作为神仙的“铁拐李”很威风,作为我爸的“铁拐李”一点都不威风,他有点惨。

陆大安还说:“嫁给大官的儿子,还不晓得是好事还是坏事,你看古代的女人,嫁给大官,哪一个有好下场?西施?杨贵妃?人家还是美人咧。搞不好要株连九族啊铁拐李!”他豁出去了。

我爸不生气,朝他扔下一句“你这是嫉妒,吃不到葡萄就说葡萄酸,你这是嫉妒,是嫌我亲家的官比你女婿的官大”之后,走了。回到家以后,他迫不及待地问我:“小红,南宁那边有什么消息?”

南宁那边在催我。

前面我说过,我骨子里愿意和小文交往,之所以这样拖是因为我骨子外面还有一层厚厚的壳。虽然我们一家,特别是我爸把这件事当成天大的好事,但是我表现出来的不积极的态度又多少让人不解。好几回,我要打电话给刘处长说我愿意,但是莫名其妙,刚要打,手又抽回来,跟当初我第一次到南宁找他时一样。

刘处长打电话给我，说如果我愿意，这个星期六他派车来接我到南宁去见小文。我说不用了我自己坐班车去。他说："那像什么话。就这么定了。"

星期六，我又一次来到南宁。已经是春节过后，街道上还残留过年的气息——树上挂的纸灯笼颜色还很鲜艳，各个单位门口盆栽的金橘树依然果实累累。"欢度春节"的横幅比比皆是。最惹人注目的是，有很多女人已迫不及待地穿上裙子。在我的家乡都安，很多人还裹在厚厚的衣服里。我也一样，穿着一件粉红色的毛衣，坐在刘处长的车上，一下子感觉跟这个城市格格不入。车窗外的南宁，春日里的艳阳天，到处弥漫夏天的味道。

在小文家，我首先见到的是他妈妈——

一栋两层的小楼，大门紧闭。门开了，大厅正中央的沙发上，坐着小文的妈妈董阿姨。她圆脸，眉毛很浓，见到我她站起来，高，胖，一看就不是我们广西人。她脸上挂着笑，朝我走过来，在离我还有三四米的地方停下来。

"来了。"她说。好像我是一个迟到的客人。

我点点头，一下子不知道说什么好，觉得自己面颊发烫，手心冒汗，脑袋嗡嗡作响。当时家里只有董阿姨和保姆以及刘处长，可我老是觉得有很多双眼睛盯着我。按理说，当老师的，心理素质应该没有问题，但是现在是相亲，师范学校可没教这门课。刘处长例行公事般地把我介绍给董阿姨之后，她才过来轻轻抚着我的肩，引我走向米黄色的沙发。“先坐一坐。”

我坐在沙发上，捧着一杯热茶。眼睛不敢乱看——看一眼董阿姨，又看一眼手中的茶杯，反反复复。董阿姨大概觉得我很拘束，把话题慢慢挑开，她先说都安，说十年前她去那里搞扶贫，都安给她印象深刻的不是贫穷，而是那里的人好，老实，吃得苦，对人热情。“之所以穷是因为交通闭塞，老天没有给都安一片好地方，”她说，“这个很重要，天时地利，没都安的份。”

我的脑子这时候闪过一个念头，之所以刘处长把我介绍到这里来，是不是源于董阿姨对都安人有好的印象。这样想过之后心里有一点踏实，董阿姨了解我的家乡，我和她又亲近一步。

我跟董阿姨说家乡都安，也不是专门拣好的说，我跟她说“都安炮”的事。所谓的“都安炮”是外地人给都安人起的外号，意思是都安人喜欢吹牛皮。董阿姨听后笑了起来，她说：“这个我知道，这是当时的区革委会开会时传出去的，其实是表扬都安人。”董阿姨接着跟我讲了“都安炮”的来历。

当时正是“农业学大寨”搞得轰轰烈烈的时候，都安县山多地薄，老百姓开山造梯地，引水上高山，涌现出“当代老愚公”“开山七姐妹”等先进人物，《广西日报》派记者到都安树典型，搞连续报道，都安一下子就出名了。然后《人民日报》以《雄心征服千层岭，壮志压倒万重山》为题，对都安的先进事迹做了报道，引起中央的注意，副总理陈永贵亲自到都安考察，都安一下子扬名全国。广西区革委会开会时，当时广西的最高领导老韦拿着一大堆报纸，高兴地说："《广西日炮》，快变成《都安炮》了。"老韦是壮族，讲普通话带壮族口音，把"报"说成"炮"，"都安炮"由此得来。

没想到董阿姨对都安的事这么熟悉。我的拘束、不自在很快就消失了。我已经喜欢上这个高大、开朗、能说会道的未来的婆婆。到吃饭的时候，我们已经快要无话不谈了。当时我想，以她领导夫人的身份，以她开朗的性格，一定没有什么事难得倒她。她应该是天底下最快乐、最幸福的婆婆。我就等着沾光吧。

其实她是个可怜人。

在我成为她的儿媳妇之后，慢慢接触她的过去，才知道她也是从苦水里泡出来的。和她比起来，我吃的这点苦不算什么。我跟他们一家的故事，最好先从她说起。

她叫董含馨。

"我爸给我起的名不好，含馨，别人一听，都听成辛苦的辛。"她从小在兰州的街道上长大。她爸爸是国营面馆的师傅，在案板上做拉面，做得像头发丝那么细。他得过兰州商业系统的红旗标兵，每天来拉面馆吃面的人排成长队，全都是冲他而来。每晚回家，他都要对家里人说，今天又卖了多少碗拉面。他是打心眼里喜欢这份工作，虽然工资并不因为生意兴隆而涨个一块两块。他经常说："整个兰州城，起码有一半的人吃过我做的拉面。"

拉面是他的衣食父母，是他的骄傲，他希望他的儿女能像他一样，喜欢这门手艺，只要喜欢上这门手艺，就会衣食无忧，就会心安理得。所以，含馨的哥哥高中毕业就成了他的大徒弟。两年后，含馨高中毕业，也进了拉面馆。做拉面是个力气活，她做不了，就做服务员，反正那也算是和拉面扯上关系。父亲做拉面，哥哥打下手，含馨收碗洗碗。父亲、儿子和女儿一起上班一起下班，很多人都羡慕，说这才叫天伦之乐。当时的报纸还报道了他们一家人的消息，市领导五一劳动节的时候，还去面馆慰问他们一家，和他们合影。

大凡所有的事情，都要有个度，超过这个度，好事变坏事。董阿姨家的坏事，也就是超出了这个度。一切源于市领导的一句话："老董啊，如果你的儿媳妇、你的女婿也在这里做拉面，那真是名副其实的拉面之家啦。那就更完美啦。"言者无意，听者有心，老董真的这样干了。市长前脚刚走，他后脚就在拉面馆给儿子和女儿物色对象。

小小拉面馆十几个人，没结婚的男女青年加起来也就七八个，老董把这七八个人统统筛选了一遍，发现适合当他儿媳的是服务员小王。老头很干脆，回到家里就问儿子："你愿意娶小王当老婆吗?”儿子本来心里面就喜欢小王,想都没想就说:“愿意。”老董说:“好。”第二天到拉面馆,他把小王拉到一边,轻轻地问:“你愿意嫁给董道林吗? 他是我儿子。”小王当然也知道董道林是他的儿子,老董之所以强调,有替儿子炫耀的成分在里面。小王人很开朗,平时喜欢开玩笑,多认真多严肃的事情都可以放在玩笑里来谈。小王说:“你是不是现在就想听我叫你一声爹?”老董说:“是。”小王说:“爹。”笑哈哈地跑开了。

后来,含馨的哥哥真的娶了小王。结婚那天,老董打电话给五一陪同市长来拉面馆慰问他们一家的李局长:“局长啊,请你转告市长,遵照他的指示,我儿子娶了拉面馆的小王,明年,我就可以抱孙子了。”

几乎在同时,含馨也被爸爸介绍给他的二徒弟张强。这个张强,表面上看很文弱,一副可怜巴巴的样子,讲话声音藏在喉咙里,要细细听才听得清,还不敢看人,你跟他说话,他眼睛总瞟往别处。老董想这样的人老实,含馨嫁给他不会吃亏。他像当初给儿子介绍媳妇那样,回家问含馨:“你愿意嫁给张强吗?”女儿摇头。面馆的小伙子里面,她最看不上的就是这个张强了。

老董不管这些,第二天到面馆,他拉过张强,问他:“你愿意娶含馨当老婆吗?”含馨是拉面馆的大美女,好几个人想跟她处朋友,因为怕老董,都不敢。张强没想到这样的好事降到自己的头上,赶紧说:“师傅,你不会骗我吧?”老董说:“傻小子,算你命好。”张强心花怒放，面筋在案板上弹得老高。老董看在眼里喜在心上，他想，女儿和张强两个人，现在已经有一个人同意，那这桩婚事已经成了一半。他回家继续做女儿的工作。

老董说：“张强人好，我在拉面馆干了这么多年，第一次看见脾气这么好的人。找对象图什么，就是图他对你好呗，张强是个老实人，一说话就脸红，你就是打他骂他，他都不会生气，你脾气有点倔，话多，适合找个脾气好、话不多的当老公，如果找个脾气跟你一样火爆的，那日子怎么过得下去？听爹的没错，爹看人很准的。不是爹吹牛，每天到面馆里吃面的人多吧，我只要看他的面相、走路的姿势，听他说话的口气，就知道他是个什么样的人。张强是我徒弟，天天在我眼皮子底下，我最了解他了，他屁股还没动，我就知道他要放屁。相信我，不会有错。”

含馨反对：“他那个样子，一天到晚缩着个头，走路像踩在海绵上，下脚狠了怕踩死蚂蚁。还不说话，别人说话，他在一边听，一对小眼睛滴溜溜转，你都不知道他在想什么。好不容易说一句话吧，要喘几口气才说完。你说，他哪一点像个年轻人，倒像个八十岁的老头。男子汉就应该顶天立地，他那个样子，家里如果有什么事，能指望得上？”

老董说：“人不可貌相，看人，你要看他有没有本事。什么脾气啊、性格啊，说重要也重要，说不重要也不重要，张强虽然是你哥的师弟，他的手艺比你哥要好，这个拉面馆，现在靠我，以后靠谁？靠你哥那根本不行，得靠他张强。这点你想过没有？”

含馨说：“什么你的他的，这拉面馆是国家的，国家说靠谁就靠谁，你说了不算。手艺好又怎么样，手艺好的人多了去了，为什么偏偏选他？”

老董坚持：“手艺好的人是很多，但是让爹满意的可不多。就说你哥吧，已经算不错了，但跟张强比起来，他还差那么一截。找个人过日子，你满意不行，还得爹满意。”

老董这样认为，找个女婿吧，女儿虽然不满意，但是他满意，他和女儿两个人，只要有一个人满意，这桩婚事就成功一半。如果再把张强算进来，他、女儿、张强三个人，已经有两个人同意了，那这桩婚事，就已经有七成的把握。

不管老董怎么想，含馨想只要自己不同意，爹再怎么积极也没用。接下来不管老董怎么做她的工作，她就是不同意。她没想到她爹在撮合她和张强这件事上，执着得很，动员拉面馆所有的人做含馨的工作。那段时间，他们一个个来找含馨，最终都被含馨一个个骂走。就在老董无计可施的情况下，张强给老董出了一个主意。这个张强，还真不简单。

张强说：“师傅，一开始你就走偏了，含馨脾气倔，你越是压她，她就越是不服。俗话说，强扭的瓜不甜，这门亲事要让她口服心服，我倒是有一个办法。”

老董问：“什么办法？”

张强说："五一节的时候，跟在市长后面有好几位记者，师傅你去找他们，就说我们拉面馆的年轻人要搞劳动竞赛，你的女儿含馨表示，谁当上劳模，她就嫁给谁。我估计他们肯定会觉得很新鲜，自古美女爱英雄，只要他们在报纸上刊登这样的消息，领导啊，干部群众啊，大家伙肯定都关心这件事。这样一来，我们面馆会更出名，你也会更出名，含馨也跟着出名，那个最后娶含馨的人也跟着出名。"这个张强，在话的末尾谦虚了一下，没有直接说自己将是那个娶含馨的人。老董知道，如果拉面馆搞劳动竞赛，张强肯定拿第一，因为他现在做拉面，已经做得跟自己差不多一样好了。

老董听完张强的话，愣了一下，没想到这个平时话不多、走路一颠一颠、常常躲在一边想心事的张强竟想得出这样的主意，竟然一口气说出这么长的话，真的不能小看他。眼下各行各业都在搞劳动竞赛，以女儿当"奖品"的，我们可是头一份。老董觉得这真是一个好办法："看来你是真的想娶含馨，连这样的办法都想得出来，如果在古代，你能当驸马爷。"

老董不知道怎么找那些记者，一个电话又打给李局长。李局长听了老董的话，高兴地说："好啊好啊，我这就叫记者去采访你。老董啊，你又放了一颗'卫星'了。"

老董慌了，记者一来，肯定要采访拉面馆里的人，到时含馨不配合，不承认这件事，他老董不就成了讲假话的人吗。他对李局长说:“就不麻烦他们了,你告诉我怎么去找他们就行了。”

其实李局长也知道这事有蹊跷,但是他们商业系统太需要这样吸引眼球的事了,同样,记者也需要这样的消息来撑报纸的脸面。既然大家都需要,蹊跷一点又有什么关系。最后董老头的女儿嫁不嫁给劳模一点都不重要,先写一篇报道再说。他叫老董先去找他,然后派秘书带他去找报社的记者。一件轰动整个兰州城的事件拉开序幕。

一个星期之后,一则消息在省报上火辣登场,说“跃进拉面馆”服务员董含馨立下誓言,在为期一年的劳动竞赛中,“跃进拉面馆”的小伙子谁当上生产标兵,她就嫁给谁。在这之前,老董只是在拉面馆里宣布,根据上级的指示,拉面馆准备进行新一轮的劳动竞赛。他制定了很多条“指标”,一看就知道为张强做准备。

当含馨看到报纸上的新闻时,一下子就傻了。不光含馨傻了,拉面馆所有的人都傻了。没等拉面馆的人缓过劲来,看热闹的人就涌了过来。

含馨当然不干啦,报纸一摔,从看热闹的人堆里挤了出来。她跑到报社,去跟写报道的记者理论,记者不在,报社里的另一个人接待她,对她说:“姑娘,刚刚有大领导打电话给报社,夸我们报社抓了一个好典型。姑娘,这已经不是你一个人的事了,这是整个兰州的事,你现在不承认,已经来不及了,你就认命吧。”

含馨哭着跑回家。

老董这边在做拉面馆全体员工的思想工作，他怕他们反感这件相当于古代“比武招亲”的事情，影响他们在拉面馆工作的积极性，他要给他们“掏心窝”。他从自己是个放牛娃讲起，讲他在旧社会怎么吃尽苦头，解放后怎么当家做主人，只有新社会才把他这样的人当人看，只有新社会才使他觉得有奔头。比起那些血染红旗的革命先烈，在座的人真的是太幸运了，只要是个人，就应该知恩图报，报新社会的恩，怎么报，就是豁出去干革命……说了半天，他才把话题引到含馨的婚事，他说，这就是报恩，这就是报新社会的恩。

老董说得热泪盈眶，他的话感动了在场的所有人，他们看着报纸上的方块字，一种庄重、神圣的感觉在心中升腾。那时的他们，对方块字有一种天然的敬畏，不管任何事，只要印在报纸上，就是这个世界的真理。能参与这个活动，是他们的荣耀。

所有的人纷纷对老董表示，他们一定，知——恩——图——报！

奇怪的是，后来含馨嫁给张强，自己也不觉得受了委屈。

含馨说：“我嫁给张强，不觉得自己受委屈，是因为就像报社那个人说的，这件事，已经不是我自己一个人的事了，而是整个兰州市的事。人啊，就是奇怪，哪怕是一条虫，人人都把它说成一条龙，它在你眼里就真的是一条龙了。张强就是这样。”

含馨在本能的抗拒之后，慢慢地改变，因为整个环境都在为“比武招亲”这样一件事情营造氛围。拉面馆里，所有的人都对张强毕恭毕敬，原先大家都不是这样，知道老董要把女儿嫁给他后，大家都自觉地维护他的形象，都在自觉地说张强的好话。这都无所谓，关键是报纸，大概是因为领导很关心这件事，每个月都要报道一回拉面馆劳动竞赛的进度，为了渲染竞赛的难度和强度，记者把张强怎么获胜写得曲折生动。这不是真的，但是面馆里的人都相信。以至于某一个月的报道，把张强的事迹写得弱了一点，面馆里的伙计们就有意见：“这个记者，怎么搞的?!”

在这样一种氛围下，含馨看张强的眼光就变了，他身上的优点，慢慢被她一个个地看出来了……在决定嫁给张强后，记者来采访她，她说：“嫁人就要嫁这样的人。”

尘埃落定。老董打电话给李局长：“李局长，请转告市长，我女儿嫁给了拉面大王张强，我们家真的变成拉面之家了。”李局长说：“恭喜恭喜!”

这一段婚姻维持了没多久。

张强也是个可怜人，他太想娶含馨了，这场“比武招亲”，从开始到结束，他一直绷紧自己的神经，每一天都是第一个到拉面馆，最后一个离开。在拉面馆里，他像一只停不下来的陀螺，不仅要做自己分内的事，甚至还抢着做收碗洗碗、卸面粉之类只需一般学徒干的活。在拉面馆里,没有一个人去拦他,生怕一不小心,他的"劳模"就当不成了。回到家里,他还要钻研"业务",他要把拉面做得像头发那样细,每天晚上,他家里都响起弹拉面的声音。这个平时自言自语、隐藏心事的青年人,他脑中的"弦"绷得太紧,和含馨的"恋情"乏善可陈,没有约会,没有相互倾诉,没有当时流行的你送我手绢我送你围巾的情节,有的只是拉面馆里搓揉弹拉及碗筷瓢盆碰撞的一幕幕,所有的细节,最终汇成拉面馆不断上升的人气及利润,还有报纸上那语调铿锵鼓舞人心的白纸黑字……

张强在结婚前脑子就出了问题,他经常自言自语,疑神疑鬼,比如有好几次,在拉面馆,一锅汤熬好,他尝了,硬是说味道不对,要倒掉重做,老董很吃惊,但没当一回事,以为他这是精益求精。只要一站在案板面前,张强便两眼放光,狠狠地盯着面团,嘴巴发出低沉的声音,像在诅咒什么,可惜,没有一个人看见,他们只看见从他手中流出的越来越细的面条……

张强是新婚之夜发的病,他抱着含馨,先是笑,狂笑;然后哭,号啕大哭;之后就是发泄,他看含馨,跟看面团一样,他嘴巴里嘟哝着:我×死你,我×死你……

张强被送去医院,他的病情时好时坏,好的时候觉得对不起含馨,叫医生转达,他想和含馨离婚。发病的时候闹着要回家,要和含馨"白头到老"。

老董没想到女儿的婚姻最终会是这样，他打电话给李局长，问李局长应该怎么办。他打一次电话，李局长就带队去医院看一次张强，打一次就去一次，最后弄得老董不好意思，再也不敢打搅李局长了。

老董去找张强的爸爸，张强的爸爸是个农民，住在郊区，两个老人一见面就抹眼泪，先是怪对方。老董说："我好好的一个女儿，算是被你儿子给毁了。"

张强的爸爸说："我都跟张强说了，要先看八字，他不听，你女儿命硬，我家张强吃亏了。为什么他早不发病晚不发病，一登记结婚就发病，这门亲事不吉利啊。"

老董这才想起结婚前张强的种种反常，他一件件说给张强的爸爸听，张强的爸爸一拍大腿："哎呀，你早点跟我说就好了。这就是被狐狸精迷住的前兆啊。"

老董有些生气，想说狠话回击他，但是想到人家好端端的一个儿子，说生病就生病，这打击有多大？唉，说几句难听的话也可以理解。老董说："都怪我，我太想他当我的女婿了。把很多反常的事当成好的表现，还经常表扬他。"

张强的爸爸看见老董有内疚的意思，不好再说难听的话。他张罗家里人做饭。两个人你一杯我一杯，这件事终于变成必须共同面对的一件事情。

老董说："我就不信天会塌下来，张强是我的徒弟，也是我的女婿，不管他以后怎么样，我会像亲儿子那样，好好待他。”

张强的爸爸说：“谁都不想看到这样的事情，你家含馨还年轻，不能让张强给拖累了。等他病情好转，我就把他接回来。还有，两个人的命不合，不要强扭在一起。”

老董这才想起医生转达的张强想跟含馨离婚的事，真是知子莫如父，这父子俩都是能为别人着想的人。老董心里有了感动，他说：“先不说这些，无论如何先把张强治好再说。不就是个病吗？天塌不下来。”

说是这么说，老董还是为自己的女儿担心，张强如果治不好，他女儿这辈子就算是完了。

别看含馨开始时不喜欢张强，但是打算嫁给他之后，就铁了心地想跟他过下去。张强犯病，她比谁都着急，三天两头往医院跑，精神病院跟其他医院不一样，病人不是随时都能探视的。他们不让她见张强，她就去找张强的主治医生，叫他介绍张强的病情，主治医生叫她不要着急，提醒她做好准备，要治好张强，将要经历漫长的时间。

“有多长？”含馨问。

“有可能一辈子，”医生毫不隐瞒，“当然，也可能会有奇迹。”

一辈子？奇迹？这两个词刻在她心上。有一次她去见张强，他在院子里晒太阳，见到她很高兴，说了句“你来了”，还说了句“对不起”。含馨眼泪就流下来了,对他说:“你要好好治病,我等你回家。”张强摇摇头。只是摇摇头。

掐指算来,这也就是两三个月的时间内发生的事,焦虑和奔忙,使含馨忽略了自己身体的变化,她怀孕了,这是新婚之夜张强疯狂举动的结果。当她感觉自己身体发生变化的时候,她已经是一个有了三个月身孕的孕妇。

这是一件麻烦事。好在含馨在大家心目中是个正派诚实的姑娘,大家都没把这事往邪处想,都觉得这姑娘命太苦了。很多人劝含馨做人流,连老董都说这个孩子来得不是时候。妇产科医生也从医学的角度对她说,父亲有精神病,有可能会影响胎儿。但是含馨想,要做也可以,那得张强同意,但是张强现在是在生病,他同意和不同意又有什么差别?

含馨没有听别人的话,她把儿子生下来了,他就是我后来的丈夫小文。

……

我丈夫小文的妈妈含馨嫁给赵大河是四年以后的事情。在这期间发生的最大一件事就是张强和他爸爸坚决要求离婚。

那是小文三岁的时候。经过三年的治疗,张强的病情已大为好转,医生通知老董和含馨,张强可以出院了。老董和含馨把家里打扫得干干净净,办出院手续那天,老董和含馨找李局长要了一辆吉普车,带着小文一早就赶到医院,办好手续,张强却不肯上车。

含馨说:“你病好了,还不快点回家?小文,快叫爸爸回家。”

小文有点害怕张强,躲到含馨背后,不敢说话。

张强眼睛慢慢湿润,“对不起,对不起。”他轻轻跟所有的人说。

老董摇头,心想,这个张强,如果不生病,那是多么好的一个女婿。他说:“张强,没什么好对不起的,谁没有个病。现在你病好了,没事啦,跟我回去。”

医生也上来劝张强,医生说:“张强,你看,家里人对你多好,吉普车都叫来了,快点回去吧。”

张强说:“不,我不能回去。”

所有的人都不解。这个时候,一辆马车从远处慢慢摇过来,大家都没怎么注意,等马车到医院门口,老董才发现,赶马车来的是亲家老张。

“你怎么来了?”没等老张下车,老董问老张。

老张说:“我来接他回去。”

老董想起张强刚发病时老张跟他说的那些话,心想,怪不得张强不愿跟他们走,原来这父子俩已商量好。张强要回家,就回他爸爸那里。

老董和含馨当然不答应,拉老张到一边商量。老董说:“那不行，这样做不合适，你是怕我们亏待他？”

含馨说：“张强是我男人，他生病了，我来照顾他，天经地义。再说了，城里的条件要好一些，拿个药、打个针，方便得很，您就放心吧。”

老董说：“对，俗话说嫁鸡随鸡嫁狗随狗……”他马上又觉得这么说不合适，改口道，“我还是那句话，不管张强以后怎么样，我都拿他当亲儿子对待。好不好？”

老张说：“你们对他好，这我知道。能跟你们做亲家，是我们老张家的福气。你们好好照看我的孙子小文，张强，还是我来管。”

老董急了：“你这样做是什么意思，别人怎么看我们，哦，人家一生病，你老董家的人就把人给踹了，你叫我们老董家的人脸往哪里搁。”

老张说：“我不管别人怎么说，反正张强跟你回去，我不同意，张强自己也不同意。”

就这样，张强最后还是上了老张的马车。老董、含馨扶着他上车，含馨拉过小文，她教小文说：“爸爸，要听爷爷的话，我经常去看你。”

小文没有说。

过了半年，老张就把张强签字的离婚协议带来找含馨。老董全家人、拉面馆所有的人都觉得很讶异，这父子俩是怎么啦，家里有人生病，如果是别人，都巴不得关心的人越多越好，这父子俩倒好，跟所有的人来个彻底的"切割"。这叫人想不通。

老张说："张强这辈子是好不了啦，拖累你们，他和我心里都不舒服。"

老张说："久病床前无孝子，如果不离，以后难免纷纷扰扰。这世间的事，在该了结的地方了结，对大家都好。"

老张说："最最要紧的是，小文不能有一个一辈子生病的爸爸。"

小文不能有一个一辈子都生病的爸爸。这就是张强和他爸爸老张坚持两人离婚的最重要的原因。

在这样一种情况下，老董和含馨没有再坚持。

含馨在嫁给赵大河之前，曾带小文去郊区看张强。张强家的院子里有一棵苹果树，张强正在苹果树下晒太阳，腰部套着一个铁箍，一条铁链子，一头拴着铁箍，一头拴着苹果树，看来他的病又犯了……

含馨嫁给赵大河是李局长做的媒，赵大河是他手下的一名干部，后来步步高升，从北方到南方，从小官到大官。当她成为"董阿姨"出现在我面前的时候，我即将嫁给她的儿子小文。

接下来说说小文。

我第一次见到他是刘处长带我到他家的当天傍晚，晚饭前的那段时间,董阿姨带我到阳台欣赏她种的花草。我不经意地回头,看见小文就站在我的身后,我吓了一跳。

董阿姨说:“小文,看把小红吓得。”

小文面无表情:“妈,她是谁?”

“她是小红,是我们家的客人。”

小文哦了一声,说:“请她来做客,我爸爸知道吗?”

董阿姨见他当着我的面这样说话,觉得不大好,但是又不好生气,说:“你爸爸去中央党校学习,过些日子才回来,你又不是不知道。”

小文说:“还有一个人在客厅里抽烟,我最讨厌别人在家里抽烟了,烟味好几天不散,怪难受的。”

董阿姨说:“他是你爸爸的朋友刘叔叔。”

小文这才不吱声,转身走了。他和照片上不大一样。照片上,他眼神有点慌乱,眼前的他有点咄咄逼人。

董阿姨怕我对小文印象不好,笑着说:“小文就那样,口无遮拦,等跟他熟了,你会发现他是个很乖的孩子。你就在我家多住几天吧,让小文多了解你,也让你多了解小文。”

我的脸刷就红了,我不知道怎样和一个陌生的男孩子互相了解。

董阿姨说:“你就放心吧,有我呢。你也不要太拘谨,多跟他说说话,就当在自己家里一样。”董阿姨的语气有点像我妈妈。

从她的语气我听得出来，她对我很满意，倒是怕我不满意小文。

我很好奇，小文到底是个什么样的人？吃饭的时候，小文像是变了一个人似的，他拿出酒杯，跟刘处长喝酒，给每一个人盛汤，俨然家里的主人。董阿姨不时看我，好像在说，看，我们家小文不错吧。

在他家那几天，我帮董阿姨浇花，剪盆景上多余的枝叶，跟小文去看了两场电影。小文很会照顾人，他话特别多，我虽然没有谈过恋爱，但我知道，在谈恋爱的时候，男女双方一般都是把自己最优秀的那一面展示给对方，这个小文，倒是把自己的过往毫不隐瞒地都跟我说了。

小文说："在这个世界上，我最爱的人，是我的爸爸。我爸爸不是我的亲爸爸，但是他爱我如同己出，从北方到南方，给了我和我妈所有的一切。没有人能取代他在我心中的位置。"

这不用说，赵大河肯定是这个家的脊梁，这个家庭所有的荣耀都是因他获得，就连我那塑料厂下岗的爸爸，都想从中分得荣耀，当然，我也一样。说实话，如果小文不是赵大河的儿子，我会嫁给他吗？

小文说："我有过很多女朋友……"

我马上制止他："你不要跟我说这些，我不关心你的过去。"

小文说："我结过一次婚。"

啊，他结过一次婚？没人跟我说过，刘处长没有说，董阿姨也没有说。我的胸口有点堵。我敢肯定,如果刘处长当初跟我说小文结过婚,我就不会答应来这里。我心想,反正还没嫁给他,不妨听听他的第一段婚姻到底怎么样。

“我的前妻是个演员,她演的电影你肯定看过。这么说吧,她是个大众情人,但是她是我老婆……”

他接下来跟我说他跟前妻交往的过程,绘声绘色,如数家珍,得意之情溢于言表,完全把我当成他前妻的影迷。他最后说为什么离婚:“娱乐圈嘛,是非多,关于她的是非太多了。作为她的丈夫,我可以坦然对待;但是作为赵大河的儿媳妇,就不能不顾及这些是非对我爸爸的影响了。我爸爸的政敌,老是盯着她的一举一动,老是拿演艺圈的是非做文章。有一段时间,关于她负面的报道特别多,醉翁之意不在酒,他们的目的是要把我爸爸搞倒搞臭,没办法,为了我爸爸的前途,我只好跟她离婚……”

他竟然还有这样的经历,我有点沮丧,虽然我隐约觉得他的话语有些夸张变形,但是跟他的明星前妻比,我几乎没有什么优势。失落和自卑,使我心情很不好,在帮董阿姨修剪盆景时把不该剪的剪掉了。董阿姨看出我情绪低落,问我是怎么一回事。我把小文跟我说他结过一次婚的事说了。

董阿姨笑了起来,“别听他的,他是在吹牛。”

有这样吹牛的吗?

董阿姨说:“他从小就这样。”

"他从小哪样?"

"他有轻微的幻想症。"

幻想症？原来如此，怪不得第一天见面时他言语有些反常，怪不得他在我面前编造辉煌的婚史。

赵家的做法令我非常反感，我觉得刘处长也很可恶，他应该跟我说清楚啊。

董阿姨说："小红，有些对不起你，我们隐瞒了小文的一些情况。你也不要怪刘处长，当他把你的照片带来给我看时，我就喜欢你，怕你知道后不肯来。老实说，小文的病也不是什么很严重的病，医生跟我们说，他完全可以像正常人那样去生活工作。他工作就很出色，他是社科联的研究员，研究的项目曾获国家级的奖。他喜欢跟人倾诉，把心里想说的说出来，除了这些，他跟正常人一样，这点我可以跟你保证。"

我的心里掀起波澜，老实说，之前，我对小文印象不错，彬彬有礼，曾跟我说他在学术上的一些发现。他曾跟我讲，宋代的民窑瓷器之所以现在价钱不如官窑，是因为中国人——外国人也如此——有一种畸形的心理，就是权力崇拜。事实上，宋代民窑生产出来的瓷器，工艺一点都不比官窑差，因为见证了那个朝代的世俗生活，所以更加值得珍惜。比如说，民间的瓷器，装的是宋代的水土空气和粮食，是有故事的瓷器，而所谓的官窑制造，其实就是一种真空的艺术，多是畸形审美的产物。

我不怎么听得懂。细想起来,他所研究发现的,跟自己心里想要的,又不是一回事。他爸爸是大官,虽没有血缘关系,但他那么热爱他爸爸,除了养育之恩,是因为他爸爸给了他别人给不了的东西。他家里的碗,肯定就比我家里的碗值钱。不是吗?

也许世间所有的学术,都改变不了某种亘古的定律。其实我跟他一样,渴望富贵。这样想过之后,我内心的波澜慢慢平复。富贵真的是一剂良药。

"我有这个把握,只要你深入了解小文之后,你能接受他。不瞒你说,我们曾给他介绍了很多人,她们都拒绝跟他相处,她们都怕他。如果她们中有谁试着跟她交往,我想,她会喜欢上他的。我希望你是这样的人。"董阿姨说。

几天的相处,除了滔滔不绝的诉说,我确实没发现小文有什么反常。

我对董阿姨说:"我不知道该怎么做。这件事太突然了,你得让我想一想。"

"小红,我拿我的人格做担保,小文会对你好。"董阿姨眼圈红了。

我离开赵家,车子要开的时候,小文失望地说:"你不会再来了吧? 你是不是嫌我有一个当影星的前妻?"

我被他可爱的神情逗乐了。不知道他怎么想,平白无故就给自己安排了一场子虚乌有的婚姻。

……

刘处长开车把我送回都安，一路上从医学的角度分析小文的临床表现，他说："小红，你要相信医学。"目的是让我下决心嫁给小文。想当初他来到都安，在把小文介绍给我之前，先跟我说他的恋爱婚姻经历，是为了让我有充分的准备：每一段婚姻，都会是一场冒险，有时候是一个人，有时候是两个人，有时候是全家人。

一进家门，我爸爸故意装作很沉着的样子，根本没有问我到南宁之后的情况，而是告诉我，陆大安服软了，请他吃了两顿饭，喝的是五粮液，已经把他当兄弟般对待了。在我们这条街，陆大安不敢欺负他，就没有什么人敢欺负他了。我爸爸第一次在我面前显出扬眉吐气的样子。我离开家的这段时间，我爸已经以赵大河亲家的身份自居，到处跟人炫耀。街上的人都信了。

我跟他说小文的情况，他先是一愣，接着陷入长久的沉默，原先灰暗的表情又回到他的脸上。担心、不甘、失望，我从他的表情里看出他对我的爱。我爸爸太可怜了。

我接着告诉他，我对小文印象不坏，对董阿姨印象很好，我似乎在说服我爸爸，让他同意我嫁给一个患有轻度妄想症的男人。当时我并没有这么想，但不知不觉便这样做了。因为我没有多余的选择。

我爸叹了一口气，"什么事情，都不会十全十美。世界上，不会有十全十美的事。不会。”

董阿姨的担心是多余的，小文的失望是多余的，刘处长的担心也是多余的。嫁给小文的决定，我和我爸很快就做出了。我爸还找出一些事例来说明我们的选择是正确的选择。

他说：“民和街的方全，也是一天到晚跟人说个不停，他怎么怎么有钱，谁谁谁都怕他，他开过飞机，当过县长，什么好的都往自己身上扯，不也是讨了老婆生了儿子……”

他还带我去方全家附近，观察方全的举动。方全在跟人聊天，笑容很好，嘴角流着口水，他老婆陪在他身边，久不久就拿手帕去抹他的嘴角。

大不了就跟她一样。

按照本地风俗，经过提亲、双方家长认识、送彩礼等“程序”，一桩亲事就这么定下来。我很快就调往南宁一家幼儿园。在这个小小的县城，我的婚事成了一大新闻，人们津津乐道，都觉得我捡了一个大便宜。

我和小文的婚礼定在五一，因为五一的时候，小文的爸爸就会从北京回来。我还没有见过他，只是在电话里跟他说了几次话，他声音低沉，问我的情况，还说他们全家都感谢我。我突然感到忐忑，这是以前从来没有过的，包括第一次来他家我都没有这种感觉。

很多人为我们的婚礼忙活，筹备婚礼的那段时间反而是我最闲的一段时间。小文很高兴,他跟董阿姨只要谈到我,都会说“我老婆”,在家里也“老婆老婆”地叫我。他二十五岁才找到一个在他喋喋不休时能陪在他身边听他说话的人,他很高兴。

我开玩笑问他:“你前妻知道你结婚,会怎么想?”

“她一定会为我高兴。”

“要不要请她参加婚礼?”

“不,她很忙。就不要打搅她了。”

我学会了怎样和他相处,他说话时,要认真地倾听,一定要进入他说话的情境里,跟他“分享”他内心世界里的人和事。一天之中,这种时候只有一次,有时候是早上,有时候是下午,有时候是晚上。

他说:“作为一个结过一次婚的男人,而且妻子又是公众人物,我做得还不错,我对她最大的支持就是让她觉得自己是自由的,是安全的,没有感到来自婚姻的羁绊。很长的一段时间,没人知道她结过婚,没人知道我是她丈夫。告诉你,这也是一种付出。看似平淡自然,像水流和气流一样,其实后面蕴藏着一种定力,这种定力能摧枯拉朽。男人做到这点还真不容易。刚结婚时,我就对她说,你要做的,就是心里不要装着我,不要装着这个家。你应该从跟我的婚姻里享受以前没有享受到的自由。有几个男人能做到这样? 所以,她非常爱我……”

在他的讲述中,我领略到他为这场“婚姻”付出的热情和辛劳，我脑中竟然有了一个模糊女人的形象：她独往独来，姓甚名谁都不重要，她演戏，她有一个秘密的丈夫，给她自由，给她爱，她做什么都是对的。这个秘密丈夫尽管没人看见，但是他在，他始终在。

很有趣，我不光和我丈夫小文好好相处，而且还得和他那个“前妻”好好相处。每天，总有一段时间，我仔细倾听他和“她”的生活，情绪在小文和他“前妻”的剧情里起伏。我慢慢习惯了这样的生活。

董阿姨很关心我，像个主治医生一样，每天都问我有没有什么不好的事。每次我都对她说：“小文很好。”

……

五一很快就要来到。每年的这个时候，南宁各种花草树木肆意生长。我喜欢夏天，我的前世肯定是一株小草，夏天是花草最灿烂的时节，也是一个女人最适合当新娘的时候。经历了漫长的等待，我的生活将在这个夏天开花结果。

度过了和小文之间的“磨合期”，我对我们的婚姻充满信心。这种信心有很多养分来自以上我所讲述的故事——刘处长的故事、董阿姨的故事、小文和他“前妻”的故事。虽然这些故事有点沉重。

我们的婚礼很简单，请了一些领导、同事，不到十桌客人。

这是赵大河要求的。按他的行程安排，五一当天他才能从北京回家。

婚礼当天，最大的悬念就是赵大河什么时候出现在婚礼现场。我们大家都等他，似乎他才是婚礼的主角。来参加婚礼的客人，有些早早就来了，他们围着董阿姨，谈论自己跟赵大河的交情。在这期间，赵大河给董阿姨打电话，告诉她飞机会按时起飞，他将在婚礼举行之前赶到。

但是他最终没有出现。

他被“双规”了。

从北京飞南宁三个小时，三个小时后没有赵大河的消息。开始我们不当一回事，后来看见来参加婚礼的几位区领导在接电话之后先后借故离开，接着是一些厅局的领导先后离开，渐渐地，婚礼现场就剩下一些亲戚朋友，包括兴冲冲从都安县城赶来的我爸爸和弟弟。我们意识到发生了什么，董阿姨一遍遍给赵大河打电话，都是处在无人接听的状态。又打给去机场接赵大河的秘书，秘书说去机场的路上接到通知，说领导临时有个紧急的会议，暂时不回来。

婚礼草草结束，刚回到家，七八个人就来到家里搜查，连洞房都不放过……

就这样，董阿姨、小文的“脊梁骨”被活生生地抽走了。我和我爸所期望的富贵在即将到来的时候又转瞬即逝。我们所有的人被一巴掌打入冰窖。

那些天，董阿姨给所有认识的人——有北京的，有南宁的——打电话，没有一个人理她。她不相信赵大河会犯事。

小文从那时候起，不再跟我讲述他和“前妻”的故事，而是给我讲述他爸爸怎么怎么好的故事。

我爸爸回去几天后，又跑回来，说都安他是没办法待了。陆大安知道赵大河出事之后，一看见我爸，就对他说：“老蓝，你什么时候去监狱看赵大河，告诉我一声，我给你带一包都安的土特产旱藕粉给他，你告诉他，都安人民要他好好改造。”我可怜的爸爸，除了在报纸上见过赵大河，连亲家的面也没见过一次。我也一样，我也从来没见过他一面。我爸说：“是不是搞错了，是不是被冤枉的？”

我们——董阿姨、小文、我、我爸，都相信赵大河是被冤枉的。

我们要为他申冤。既然没人理会，小文、我，还有我爸爸就上街。我们每人套着一件白色T恤，胸口写着“赵大河无罪”，后面写着“冤”，冤字上还画上圆圈。刚走到半路，迎面碰上一群因不服拆迁要去上访的居民，见到我们，他们中有人喊：“是赵大河家的人。他妈的我们的房子就是赵大河叫人拆的。这个大贪官，抓了活该，你们还有脸喊冤！”

愤怒的人群突然就转向我们，鸡蛋、烂茄子、烂苹果朝我们袭来……

这些就是在“英伦演艺吧”的包厢里，小红讲述的故事。最后她跟我讲，小文和董阿姨都以为她会离开这个家，“我怎么会离开呢，我的新生活才开始，我不会放弃，不管是怎样的一种新生活，我都要拼命面对。”

小红后来办理辞职手续，开了这家“英伦演艺吧”。她和小文上街，在经过一些漂亮的建筑时，小文会说：“这幢大楼以前是我爸题的字。”赵大河的书法很好，曾为很多地方题字。他出事后，他的字迅速地消失。小红借着跟董阿姨和小文去看赵大河的时机，要赵大河写了一幅“英伦演艺吧”，回来制作成霓虹灯箱，高高地挂起来。我无数次经过这里，特别是在晚上，在南宁苍茫的夜色中，“英伦演艺吧”五个大字熠熠生辉……